Christopher Knock

Edgar Wallace und der Fall Software

Jeder kämpft für sich allein

Ein Kriminalroman für junge Leser

K·TH·V

Thienemann

CIP-Kurztitelaufnahme der Deutschen Bibliothek

Knock, Christopher:
Edgar Wallace und der Fall Software
Jeder kämpft für sich allein / Christopher Knock
Stuttgart: Thienemann, 1984
ISBN 3 522 14060 5

Titel-Illustration, Gestaltung und Konzeption:
Graphisches Atelier Held + Rieger in Fellbach
Schrift: Times Antiqua
Satz: Setzerei G. Müller
Druck: Offsetdruckerei Gutmann + Co., beide in Heilbronn
Offsetreproduktion: Repro GmbH in Kornwestheim
Einband: Großbuchbinderei Wilhelm Röck in Weinsberg

Printed in Germany · 5 4 3 2 1

Die Personen

Arthur Hicksted	genannt Old Arthur, Leiter des Edgar-Wallace-Archivs in London.
William Hicksted	genannt Billy, ein Neffe Old Arthurs mit einem ausgeprägten Hang zur Kriminalistik.
Robert Rowly	genannt Bob, der beste Freund von Billy, ein sportlicher Draufgänger.
Denise Rowly	die Schwester von Bob – schön und schnippisch.
Horatio McIntire	Old Arthurs bester Freund, Starreporter bei der „Times“.
Chiefinspector Holloway	Scotland Yards bester Mann – klein, pfiffig, erfahren und sehr auf seine Position bedacht.
Antony Goldman	ein Schulfreund von Old Arthur und ein führender Computerspezialist.
Kimberly	Goldmans engster Mitarbeiter – ein Mann aus gutem Hause.

Francis Goldman	der Bruder von Antony Goldman.
Quory	Buchhändler mit berufsfremden Ambitionen.
Kathrin Helena Tilson	eine ältere Frau, die weiß, was sie will.

1. Geheimagent Nr. 6

„Ich kann mir nicht vorstellen, was der Mann verbrochen haben soll“, sagte Arthur Hicksted, der im Türrahmen zu Chiefinspector Holloways Dienstzimmer lehnte, „er ist zwar reich, sehr beliebt und sieht angenehm aus, aber ich bitte Sie, Holloway, welche dieser Eigenschaften ist strafbar?“
Der kleine Chiefinspector saß auf der Kante seines Schreibtisches und baumelte mit seinen dünnen Beinen, die, wie immer, in karierten Knickerbockern steckten. „Und wo nimmt er das viele Geld her? Wo er sich auch aufhält – immer gibt er Unsummen aus!“
„Auch das ist nicht strafbar“, sagte Hicksted, dessen graue Augen hinter der stahlgefaßten Brille belustigt dreinschauten. „Man könnte grade denken, Sie gingen meinem Hobby nach, Chiefinspector.“
„Sagen Sie bloß, bei Edgar Wallace gibt es einen ähnlichen Fall?“
Hicksted lachte. „Zu Zeiten des alten Edgar gab es noch keine Computerverbrechen, weil es noch keine Elektronenrechner gab, aber der Mann, den Sie meinen, Antony Goldman…“
„*Sir* Antony Goldman“, verbesserte Holloway.
„Ich kannte ihn schon, als er noch der kleine Goldman aus der Ridder-Street war…, also dieser Goldman könnte die Hauptfigur in einer Kurzgeschichte von Edgar Wallace sein.“
„Erzählen Sie“, sagte Holloway, der Hicksteds Geschichten gerne zuhörte, wenn es die Zeit bei Scotland Yard erlaubte. „Erzählen Sie, Old Arthur!“

Arthur Hicksted stopfte sich umständlich eine seiner teuren Pfeifen und setzte sie in Brand, dann schritt er gemächlich in dem geräumigen Amtszimmer Holloways auf und ab und begann: „An einem Schreibtisch wie dem Ihren hier in Scotland Yard saß damals – es sind inzwischen über sechzig Jahre vergangen – ein äußerst intelligenter und erfahrener Polizeibeamter mit Namen Hallet. Ihm unterstand der ganze Bereich Scotland Yards, der sich mit internationalen Verbrechen beschäftigte. Er war für seine Hartnäckigkeit und seine Arbeitswut bekannt. Oft saß er bis tief in die Nacht hinein an seinem Schreibtisch. Er knobelte schon seit langem an einem Fall. Und sein Gegner, ein Mann, der Hallet mindestens ebenbürtig war, hatte sehr viel Ähnlichkeit mit Antony..., Entschuldigung, mit Sir Antony Goldman."
„Verzeihen Sie, wenn ich Sie unterbreche, Old Arthur", Holloway stieß sich von der Schreibtischkante ab und hüpfte mit einem komischen kleinen Satz mitten ins Zimmer. Er zückte seinen altmodischen Zwicker, polierte ihn mit dem Taschentuch und schob ihn auf seine schmale, leicht gebogene Nase. „Sie erzählen schon wieder einen Roman, als ob es die Wirklichkeit wäre. Wir wollen doch festhalten, daß es sich in Ihrem Fall um eine erfundene Geschichte handelt, während ich es mit einem gefährlichen Verbrecher zu tun habe, der heute lebt, und zwar ganz wirklich."
Hicksted verbeugte sich ein wenig und fuhr fort. „Eines Abends saß Hallet mit gekrümmtem Rücken an seinem Schreibtisch. – Ich muß vielleicht dazu sagen, lieber Holloway, daß ich die folgenden Zeilen fast wörtlich zitiere. Zum Glück habe ich ein Gedächtnis, das mir solche kleinen Kunststücke ermöglicht. – Also: Hallet saß an seinem Schreibtisch und starrte auf einen maschinengeschriebenen Bericht, den er vor sich ausgebreitet hatte. Eine halbe

Stunde lang saß er so da und dachte nach; dann drückte er auf eine Klingel und jemand trat ein.
‚Mein Freund', sagte Hallet, und wenn er mit ‚mein Freund' begann, war es ernst, ‚vor sechs Monaten sind Sie mit gewissen Theorien über Mr. Cäsar Valentin zu mir gekommen. Ich möchte nicht, daß Sie mich unterbrechen', erklärte er brüsk, als es so aussah, als wollte sein Untergebener etwas sagen. ‚Lassen Sie mich erst ausreden. Ich mag Sie, das wissen Sie. Und ich habe Vertrauen zu Ihnen, sonst würde ich Ihnen jetzt nicht eine Aufgabe überlassen, die völlig aussichtslos scheint. Ich glaube sogar, daß Ihre Theorien eine gewisse Richtigkeit haben. Das habe ich immer geglaubt. Deshalb habe ich Sie auch ausbilden lassen und in meine Abteilung aufgenommen.'
Die Antwort war ein Nicken.
‚Die Arbeit der Polizei', sagte Hallet, ‚ist ein großes Pokerspiel, in jedem Sinne des Wortes. Wenn Sie alle Karten genau studieren und sich ganz fest auf das Spiel konzentrieren und außerdem Glück haben, geht es auf. Sind Sie am Anfang jedoch zerstreut, dann verpassen Sie die richtige Karte! Geduld ist alles. Burns, mein großer Vorgänger, schickte einmal einen Mann mit nur einem Schnipsel von einem Foto in die Lager der Bergarbeiter. Das Bild zeigte bloß das rechte Auge des Mörders und es dauerte drei Jahre, bis Burns seinen Mann festnageln konnte. Lecomte von der Sûreté wartete fünf Jahre, ehe er Madame Serpilot schnappte, und ich selbst habe als junger Mann der Cully-Smith-Bande drei Jahre aufgelauert, bis ich Cully schließlich dort hatte, wo ich ihn haben wollte – und Sie brauchen vielleicht ebensolange, um Cäsar Valentin an die Angel zu kriegen.'
‚Wann soll ich anfangen?' fragte sein Zuhörer.
‚Sofort', entgegnete Hallet. ‚Niemand darf es wissen – nicht

einmal hier im Büro. Gehalt und Spesenvergütung werden Ihnen überwiesen, und in der Kartei figurieren Sie unter dem Vermerk *In Spezialauftrag unterwegs.*'
Der andere lächelte.
‚Das wird schwierig sein, Chef, mein Name –'
‚Sie haben keinen Namen. Von nun an sind Sie Nummer sechs, und es wird nichts geben, das darauf schließen läßt, wer Sie wirklich sind. Ich werde Anweisung geben, daß Vorschläge, Wünsche oder SOS-Rufe von Ihnen entsprechend behandelt werden. Nun aber nichts wie raus mit Ihnen, und bringen Sie mir Valentin! Dieser Mann kann der größte Fisch unter seinesgleichen sein – und der gefährlichste. Andererseits können alle Geschichten über ihn erlogen sein. Sie haben da eine verzwickte Aufgabe vor sich. Man kann niemanden einsperren, nur weil er viel Geld ausgibt. Sie werden Mut und Vorsicht brauchen, denn ich habe alle Ursache zur Annahme, daß er über ein sehr gut funktionierendes Spionagenetz verfügt. Die Entdeckung, daß er sogar hier in unserer Abteilung einen Mann beschäftigte, öffnete mir die Augen über die Bedeutung dieses Falles. Ein Mensch gibt nicht Tausende aus, um sich auf Polizeipräsidien einen Spitzel zu halten, wenn er nichts zu befürchten hat.'
Nummer sechs nickte.
‚Die ganze Welt liegt vor Ihnen, mein Freund', sagte Hallet, ‚und eine große Belohnung wartet auf Sie, wenn Sie es schaffen. Finden Sie seine Freunde – Sie haben freien Zutritt zu jedem Gefängnis in England, vielleicht hilft Ihnen das.'
‚Es ist eine schwierige Aufgabe', sagte Nummer sechs, ‚aber es ist die einzige Aufgabe der Welt, die ich haben will.'
‚Ich weiß', sagte Hallet. ‚Es wird einsam sein, aber vielleicht finden Sie ein Dutzend Leute, die Ihnen helfen können –

Männer und Frauen, die er ruiniert und zugrunde gerichtet hat; Väter von Töchtern und Männer von Frauen, die er zum Teufel geschickt hat. Das sind recht gute Verbündete. Aber jetzt gehen Sie! Ich ließ Ihnen die beste und gründlichste Ausbildung geben, die ich zu bieten habe, aber vielleicht haben wir Sie ausgerechnet das nicht gelehrt, was Sie nachher dringend brauchen könnten.'

Mit einem Ruck stand er auf und streckte die Hand aus, und Nummer sechs zuckte unter ihrem eisernen Druck zusammen.

,Leben Sie wohl und viel Glück, Nummer sechs.' Hallet lächelte. ,Und denken Sie daran, daß ich Sie nicht kenne, wenn ich Ihnen auf der Straße begegne. Sie bleiben für mich ein Fremder, bis Sie vor Gericht in den Zeugenstand treten und jenen Beweis erbringen, der Mr. Valentin für immer aus dem Verkehr zieht.'

Dann ging Nummer sechs hinaus, nickte dem Mann vor der Tür – dem grimmigsten aller Wächter – zu, und damit verlor Scotland Yard für Jahre den Träger jenes Namens aus den Augen, an dessen Stelle Hallet mit eigener Hand in das geheime und streng vertrauliche Register seiner Abteilung schrieb: *,In Sonderauftrag unterwegs. In keinem Bericht zu erwähnen.'*

Ein Jahr später bestellte Hallet Kriminalinspektor Steel in sein Büro und erzählte ihm soviel von seiner Unterredung mit Nummer sechs, wie ihm ratsam erschien.

,Ich habe mehrere Monate nichts von Nummer sechs gehört', sagte er. ,Fahren Sie nach Paris und halten Sie ein väterliches Auge auf Cäsar Valentin.'

,Sagen Sie mir eins, Chef', bat Steel. ,Ist Nummer sechs ein Mann oder eine Frau?'

Hallet grinste.

‚Cäsar versucht das schon seit sechs Monaten herauszufinden‘, antwortete er. ‚Ich habe bereits drei Angestellte entlassen, weil sie es wissen wollten. Sagen Sie mir bloß nicht, daß ich Sie auch entlassen muß.‘“

Holloway starrte seinen Freund an. „Eine unglaubliche Geschichte.“

„Naja, eine Geschichte eben. Wallace hat, wie so oft, einen faszinierenden Schurken erfunden. Dieser Valentin brachte seine Gegner auf die unterschiedlichste Weise um: Einen Bankier, den er übers Ohr gehauen hatte und der ihm auf die Schliche gekommen war, fand man eines Morgens im Liftschacht seines Hotels. Er war neunzehn Stockwerke tief gefallen – und Valentin logierte im gleichen Hotel.“

„Interessant“, sagte Holloway nur.

„Ein anderer Bankier, bei dem Valentin Schulden in Millionenhöhe gemacht hatte, pflegte ein Beruhigungsmittel, ein sogenanntes Nerventonikum, in einem kleinen braunen Fläschchen mit ins Büro zu nehmen. Er nahm die vom Arzt verordnete tägliche Dosis nach dem Mittagessen an seinem Schreibtisch ein. Eines Tages fand man ihn tot neben seinem Schreibtisch; das Fläschchen hielt er in der Hand, auf dem Etikett stand der Name des Tonikums, aber der Inhalt war ganz eindeutig Blausäure gewesen. Der Arme kam in ein Selbstmördergrab – so etwas gab es damals noch – und Valentin schickte einen großen Kranz. Wie durch ein Wunder waren die Konten Valentins ausgeglichen.“

„Vielen Dank, das genügt.“ Holloway putzte wieder seine absolut blanken Brillengläser und ging bedächtig um seinen Schreibtisch herum. „Wissen Sie, was seltsam ist…“

„Nun ja, das meiste auf dieser Welt ist ziemlich seltsam!“

Holloway ließ sich nicht aus der Fassung bringen. „Heute morgen habe ich meinen besten Mann auf Goldman angesetzt. Niemand kennt seinen Namen, außer mir. Und ich habe ihm den Decknamen ‚Agent Nr. 6' gegeben."

„Ein ganz witziger Zufall", bemerkte Old Arthur.

„Witzig? Mir wird ganz komisch dabei, es gibt doch nicht so etwas wie Gedankenübertragung, oder?"

Arthur Hicksted zuckte die Achseln. „Ich glaube, es gibt eine ganz einfache Erklärung dafür: Sie haben irgendwann einmal die Kurzgeschichte von Edgar Wallace gelesen und sie ist irgendwie in Ihrem Gedächtnis haften geblieben. Der Titel der Geschichte lautet übrigens ‚Agent Nummer 6'! Ohne zu wissen, wo und warum dieser Name bei Ihnen gespeichert war, haben Sie ihn heute verwendet."

Holloway wedelte mit seinen kurzen Armen. „Lassen wir das. Entscheidend ist, daß ich diesen Goldman zu fassen bekomme."

„Hat er auch Bankdirektoren in Liftschächte gestürzt und mit Blausäure vergiftet?"

„Der Mann, der vor ihm das Computer-Forschungsprogramm bei der Royal-Academy geleitet hat, stürzte zwar in keinen Liftschacht, aber über eine Felswand in den Schweizer Alpen. Er war ein leidenschaftlicher und erfahrener Kletterer, dem so etwas eigentlich nicht passieren konnte."

„Sind Sie deshalb hinter Goldman her?"

„Nein, wir haben Hinweise dafür, daß Forschungsergebnisse aus seinem Arbeitsbereich ins Ausland gelangt sind. Goldman arbeitet im Bereich Software. Software, das bedeutet..."

„Ja, ja, ich weiß schon, alles was man mit Verstand ausdenken muß, um ein Computersystem überhaupt zum Laufen zu bringen. Software, das sind unter anderem die Programme, die man einspeichern muß."

„Richtig! Ein solches Programm kostet, bis es fertiggestellt ist, oft ein paar Millionen Pfund. Goldman aber arbeitet an einem militärischen Programm, in das all unsere Verteidigungskonzepte eingespeist werden. Verstehen Sie? Da läßt sich abrufen, wieviele Flugzeuge von wo aus starten, wenn England angegriffen wird, welche Raketen wo stehen und welche Sprengsätze sie tragen usw. usw. Das komplette Konzept soll eines Tages in einem einzigen Computerprogramm erfaßt sein."
„Und Goldman hat den Zugriff dazu?"
„Er erarbeitet das Konzept, Sie können auch sagen, das Programm."
„Aha. Ich verstehe nur nicht, was das mit meinem Freund Cäsar Valentin zu tun hat."
„Der Lebenswandel ist ganz ähnlich. Goldman bewohnt ein Schloß in der Grafschaft Essex, das auf die erlesenste Weise ausgestattet ist. Er hat eigene Reitpferde, eine Yacht in Cornwall. Er gibt rauschende Feste. Von seinem Gehalt kann er das alles gar nicht bezahlen."
Old Arthur wiegte seinen schmalen Kopf hin und her.
„Tja", machte er, „wenn er etwas geheim halten möchte, verhält er sich damit aber saudumm, nicht wahr?"
„Wie bitte?" Holloway klang ein Wort wie „saudumm" aus Hicksteds Mund äußerst ungewohnt.
„Naja, wenn ich Staatsgeheimnisse an die gegnerische Seite verraten will, werde ich doch in jedem Fall peinlich darauf achten, nicht aufzufallen!"
Holloway begann schon wieder, seinen Zwicker zu polieren. Schließlich sagte er: „Agent Nummer sechs wird uns ja vielleicht bald mehr berichten können."
„Und wer ist Agent Nummer sechs?" Arthur Hicksted sah den Chiefinspector neugierig an.

Holloway lachte sein seltsam hohes, kicherndes Lachen. „Das wird niemand erfahren, nicht einmal Sie, Old Arthur!"

Old Arthur verließ nachdenklich das Gebäude von Scotland Yard. Um die Mittagszeit war es noch neblig trüb gewesen und von der Themse her hatte ein leichter Wind dichte Nebelschwaden in die engen Straßen getrieben. Jetzt – gegen vier Uhr – hatte sich die Sonne durchgekämpft.
Arthur Hicksted ging mit großen Schritten die Hengston-Laine hinunter, er schwang seinen dünnen Ebenholzstock mit dem schön gestalteten silbernen Griff und pfiff leise vor sich hin. Aber er nahm gar nicht wahr, welche Melodie es war. Denn in Gedanken war er bei Antony Goldman.
Sie waren zusammen im College gewesen, damals in Oxford und dort hatte der frühere Klassenkamerad auch heute sein Institut. Old Arthur überlegte sich, ob er Goldman einen überraschenden Besuch abstatten sollte. Er konnte am Wochenende hinausfahren. Bis Oxford waren es keine hundert Meilen, und die längste Strecke ging es über eine schnelle Autobahn. Vielleicht hatten Billy, Bob und Denise Lust mitzukommen. Billy war sein Neffe und hieß eigentlich William Hicksted. Bob hieß Robert Rowly und Denise war Bobs Schwester. Die drei waren unzertrennlich, und Old Arthur bezeichnete sie als seine besten Freunde, was manchen älteren Herren zu einem verständnislosen Kopfschütteln veranlaßte.
Eine Wolke schob sich vor die Sonne. Sofort wurde es kühler. Hicksted zog seinen Mantel enger um die Schultern und überlegte sich, ob er irgendwo einen Tee trinken sollte. Unschlüssig blieb er einen Augenblick stehen – lange genug allerdings, um einen dünnen, kleinen Mann zu entdecken, der vor einem Schaufenster herumtrödelte, obwohl die Ausla-

gen ihn offensichtlich nicht interessierten – wie auch, es waren lauter Damenhüte.
Arthur Hicksted kannte die Arten, wie man jemanden beschattet, nicht nur aus den zahlreichen Wallace-Manuskripten, die er in dem von ihm geleiteten Wallace-Archiv aufbewahrte. Er hatte selbst genug Kriminalfälle miterlebt, um zu wissen, woran man wenig geübte Beschatter erkennen konnte. Aber warum in Dreiteufelsnamen verfolgte ihn der kleine dünne Kerl in seinem abgewetzten Trenchcoat? Old Arthur arbeitete derzeit an keinem Fall. Schon seit fünf Monaten verlief sein Leben in ungewöhnlich ruhigen Bahnen. Es gab eigentlich nur eine Erklärung: Irgend jemand ließ ihn beobachten, weil er von Chiefinspector Holloway kam.
Old Arthur sah sich suchend um. Es gab eine Menge Kniffe, um sich einer Überwachung zu entziehen, aber sollte er das überhaupt tun? Langsam ging er weiter. Den Stock hatte er jetzt unter den Arm geklemmt. Er kam zu einem schmalen Park, dessen Bäume grau waren wie der Straßenstaub. Old Arthur überquerte eine Wiese und blieb am Rand eines kleinen Baches stehen. Sein Verfolger stand schlecht gedeckt hinter einer Platane. Arthur Hicksted amüsierte sich. Wie sollte der arme Mann diese große Fläche ungesehen überqueren? Ohne Hast schritt Old Arthur am Bachufer weiter, bis er zu einer gebogenen Holzbrücke kam. Dort beschleunigte er seine Schritte und lief schnell zum anderen Ufer hinüber, an dem dicht beieinanderstehende Bäume eine Art Saum bildeten. Hinter einem der Bäume versteckte er sich und beobachtete, wie sein Beschatter mit langen Sprüngen über die Wiese gerannt kam. Bei der Brücke verhielt er kurz, suchte das Ufer mit den Augen ab und begann dann wieder zu rennen. Er kam dicht bei der Platane vorbei, hinter der Old Arthur in Deckung gegangen war.

„Einen Augenblick!“ Hicksted hielt den dünnen Mann am Arm fest.
„Was ist los?“ Das Gesicht des Dünnen hatte eine ungesunde gelbliche Farbe.
„Kann ich etwas für Sie tun?“ fragte Old Arthur freundlich.
„Für mich? Warum für mich?“
„Ich hatte das Gefühl, daß Sie mich verfolgen.“
„Ich? Ich kenne Sie doch gar nicht.“
„Dann darf ich mich Ihnen vorstellen. Ich heiße Arthur Hicksted und bin Leiter des Edgar-Wallace-Archivs.“
„Ein Schönschwätzer sind Sie, weiter nichts.“
„Da könnten Sie sogar recht haben“, Old Arthur lachte leise. „Und wie heißen Sie?“
„Das geht Sie gar nichts an.“
„Vielleicht doch. Was bekommen Sie für Ihren Auftrag?“
„Hab keinen Auftrag.“
„Ich hätte Ihnen das Doppelte gezahlt, und außerdem hätte ich Ihnen noch eine gute Story geliefert, mit der Sie bei Ihrem Auftraggeber Furore machen könnten.“
„Furore – was ist das?“
„Naja, Eindruck schinden würden Sie vielleicht sagen.“
„Dann lassen Sie mal hören!“
„Hier?“
„Wo denn sonst?“
„Na, irgendwo, wo man nicht von allen Seiten zusehen kann.“
„Okay, im BSV-Heim!“
„Was heißt BSV?“
„Bogenschützenverein – wissen Sie das nicht?“
„Und wo liegt das?“
„Drei Kilometer themseabwärts.“
„Gut – und wann?“

„Spät – sagen wir gegen elf?“
„Ja, aber vergessen Sie nicht, mich jetzt weiter zu beschatten. Manchmal wird ein zweiter Beschatter hinter dem ersten Beschatter hergeschickt.“

Tatsächlich war das kurze Gespräch nicht unbeobachtet geblieben. Ein etwa dreißigjähriger Mann in einer sportlichen Lederjacke, die ein breiter Lammfellkragen zierte, stand fünfzig Meter weiter und schnitzte an einem Stock herum. Als Old Arthur kurz darauf an ihm vorbeiging, sah er dem jungen Mann ins Gesicht. Er kam ihm bekannt vor, aber er wußte nicht woher.

Am Abend hatte sich der Himmel wieder bewölkt. Old Arthur stellte seinen Rolls-Royce in einer hellen, belebten Straße ab und ging zu Fuß themseabwärts, bis er ein Grundstück erreichte, das von einer hohen, undurchdringlichen Buchsbaumhecke umgrenzt war. „Solche Gewächse gedeihen in der feuchten Themseluft“, sagte Hicksted leise und klopfte mit seinem Stock auf die lebendige, grüne Mauer. Ein Hund schlug an. Irgendwo hinter der Hecke flammte ein Licht auf. Old Arthur suchte eine Klingel, aber da näherten sich bereits Schritte. Erst als es sich öffnete, erkannte der Besucher, wo das Gartentor war. Es war ebenso von der dicht wuchernden Hecke eingewachsen wie der Zaun, der um das ganze Grundstück lief.
„Sie wollen zu Archie?“ sagte eine rauhe Frauenstimme.
„Wenn er so heißt...“
Old Arthur trat näher und musterte die Frau, die das Tor geöffnet hatte. Sie konnte Ende fünfzig, aber genau so gut auch schon über siebzig sein. Ihre Haltung war gebeugt. Die Haare hingen strähnig um den Kopf. In der Hand hielt sie

einen groben Knotenstock, auf den sie sich aber nicht stützte.
„Archibald ist mein Ältester", sie zwinkerte mit ihren hellen, blauen Augen, in denen etwas Listiges lag.
„Er ist Ihr Sohn?"
Sie kicherte. „Das wär sowas. Er ist mein Enkel. Mein ältester Enkel, aber er ist kein Haar besser als all die anderen."
„Darf ich nähertreten?" fragte Old Arthur förmlich.
„Bitte, bitte, kommen Sie. Alle Mitglieder sind schon gegangen. Und Archie wird sicher bald zurück sein."
„Ach, er ist gar nicht da?" Old Arthur schaute auf die Uhr.
„Ich sage doch, er kommt gleich zurück." Ihre Stimme hatte plötzlich einen ungeduldigen, ja ärgerlichen Ton.
Die Frau ging voraus zu einem langgezogenen Blockhaus, das dicht am Themseufer stand. Das Wasser schwappte unregelmäßig gegen die steile Böschung. Der Fluß roch unangenehm nach Schlamm und Fäulnis.
Die Lampe erlosch und flammte fast im gleichen Augenblick wieder auf.
Vom Wasser zogen leichte Nebelschwaden herauf. Old Arthur fröstelte.
„Wohnen Sie hier?" fragte er, nur um etwas zu sagen.
„Auf Schloß Windsor haben sie zur Zeit nichts für uns frei!" sagte die Frau.
Old Arthur mußte lachen. „Ganz schön schlagfertig."
„Wenn ich das nicht wäre, könnte ich dieses Vereinsheim ganz bestimmt nicht führen."
„Sie sind also die Wirtin?"
„Die Wirtin, das Mädchen für alles und der einzige geduldige Zuhörer auf dieser Quadratmeile an der Themse."
„Eine der besten Eigenschaften, die es gibt – zuhören können!" sagte Old Arthur.

Jetzt vernahm man Ruderschläge draußen auf dem Fluß.
„Das wird er sein!“ sagte die Frau.
Old Arthur schaute auf die Uhr. Es war siebzehn Minuten nach elf Uhr.
Man hörte, wie das Boot polternd gegen den Anlegesteg trieb. Dann waren Schritte zu vernehmen, die näher kamen.
„Er kommt nicht allein?“ fragte Old Arthur.
„Was weiß ich...“, antwortete die Frau knapp.
Arthur Hicksted wich ein paar Schritte zurück und versuchte aus dem Lichtkreis der Lampe zu kommen.
„Na, Grandma!“ das war die Stimme Archies. „Ist der vornehme Pinkel noch nicht gekommen?“
Die alte Frau antwortete nicht darauf.
„Wen hast du da bei dir, Archibald?“ rief sie.
„Wenn sie Archibald sagt, meint sie's verdammt ernst!“ sagte der dünne Mann über die Schulter zu seinem unsichtbaren Begleiter.
„Wen du bei dir hast, will ich wissen?“ bellte die rauhe Frauenstimme.
Draußen auf der Themse tutete laut ein Nebelhorn. In wenigen Minuten hatte sich ein dichter, grauer Schleier über den Fluß gelegt.
„Es ist Larry – du weißt schon!“
„Ich dachte, wir hätten ein Gespräch unter vier Augen vereinbart“ – das war Old Arthurs Stimme aus der Dunkelheit.
„Sieh an, sieh an, er ist also doch da. Mister Arthur Hicksted hat sich herbemüht.“
„Sir Arthur Hicksted“, sagte eine melodische Stimme vom Bootssteg her.
„Ach, du kennst ihn, Larry?“ rief Archie überrascht.
„Ich kenne ihn noch nicht, aber ich weiß, daß ihm die Königin den Titel ‚Sir‘ verliehen hat!“

„Schau, schau, die Königin. Na, wenn das nichts ist!" Archie lachte.
„Können wir jetzt zur Sache kommen?" fragte Old Arthur unwirsch.
„Na gut, na gut, komm Larry!"
„Nach dir!" Die Stimme aus der Dunkelheit klang plötzlich seltsam ernst.
Die alte Frau ging auf die Blockhütte zu und stieß eine Tür auf. Old Arthur folgte zögernd. Sein Gespür für Gefahr war stark ausgeprägt. Und für ihn bestand kein Zweifel, daß er sich im Augenblick in einer äußerst gefährlichen Situation befand. Dennoch trat er über die hohe Schwelle, die aus einem grob behauenen Stammholz bestand, ins Innere des Blockhauses.
Er sah sich überrascht um, denn der große Raum, der sich hinter einem Windfang öffnete, war nicht nur gemütlich und geschmackvoll, sondern auch ausgesprochen teuer, ja luxuriös eingerichtet. Old Arthur sah die alte Frau eindringlich an. „Hier wohnen Sie?"
„Nein, das ist der … äh … der Clubraum. Wir wohnen im Anbau."
Archie trat unsicher grinsend ein. Dann folgte ein etwa dreißig- bis fünfunddreißigjähriger Mann, der Jeans und eine Sportjacke trug. Obwohl die Kleider nicht auffällig waren, erkannte Old Arthur sofort, daß sie jene lässige Eleganz hatten, die man immer teuer bezahlen muß.
„Sie heißen Larry?"
Der junge Mann nickte.
„Und wie weiter?"
„Lassen Sie uns folgendes vereinbaren", Larry lächelte Arthur Hicksted zu. „Sie sagen Larry zu mir, und ich nenne Sie Old Arthur."

„Sie kennen also die Anrede, die meine Freunde verwenden? Nun gut. Ich möchte aber dann doch darum bitten, daß sie mich mit meinem Familiennamen anreden, den Sie ja kennen – ‚Old Arthur' ist wirklich meinen Freunden vorbehalten. Ich sage dann schlicht ‚Larry' zu Ihnen – es sei denn, Sie nennen mir auch Ihren Familiennamen, was – nebenbei bemerkt – nur höflich wäre."

„Menschenskind, mit diesem Gequatsche verlieren wir bloß Zeit", sagte Archie. Er ging zu einem Schrank, riß die Tür auf und rief über die Schulter: „Whisky, Brandy, Bier, Wein?"

„Mineralwasser", sagte Old Arthur.

„Für mich auch, bitte!" meldete sich Larry.

„Mann, Mann!" entfuhr es Archie. Er goß sich einen großen Whisky ein, vergaß den anderen das Gewünschte zu bringen und hob das Glas: „Also, Mister ... äh ... Sir Hicksted, was ist Sache?"

Old Arthur ging gelassen zum Getränkeschrank, entnahm ihm zwei kleine Fläschchen, öffnete sie und goß den Inhalt in zwei Gläser. Er reichte eines davon Larry, trank aus dem anderen und sagte über die Schulter: „Archie, Sie sind leider unsäglich dumm!"

„He, he, he", brüllte Archie, „was soll'n das?"

„Das will ich Ihnen sagen: Larry heißt mit Nachnamen Goldman."

„Was?" Das hatten Archie und Larry wie aus einem Mund gerufen.

Old Arthur lächelte. „Er sieht seinem Vater sehr ähnlich. Ich bin mit Antony Goldman aufs College gegangen – in Oxford. Das ist – zugegeben – bald vierzig Jahre her. Aber er sah so aus wie Sie heute, Larry. Allerdings war er damals jünger, etwa siebzehn oder achtzehn."

„Der redet vielleicht kariert daher“, sagte Archie.
Aber seine Großmutter fuhr ihm über den Mund. „Nur, wenn man nicht genau hinhört.“
„Sie irren sich“, sagte Larry kühl zu Old Arthur.
Hicksted ging nicht darauf ein.
„Ich hätte versucht, Archie zu bestechen“, sagte er langsam. „Ich hätte ihm eine ganze Menge Geld angeboten, damit er mir sagt, wer ihn schickt und bezahlt. Aber er war so dumm – oder so clever, wer weiß – Sie mitzubringen, Larry Goldman. Damit sind alle Geschäfte zwischen ihm und mir unmöglich geworden. Guten Abend.“
Old Arthur ging hoch aufgerichtet und bewußt langsam auf die Tür zu. Er hatte noch keine drei Schritte gemacht, als ein Fenster klirrend zerbrach. Es war ein Reflex, weiter nichts, daß sich Old Arthur flach auf den Boden warf, er hörte ein zischendes, flirrendes Geräusch, dann ein leises ‚Pflop‘. Ein Pfeil bohrte sich in die Wand, die dem Fenster gegenüberlag.
„Licht aus!“ schrie Arthur Hicksted und sah zu Archies Großmutter hin. Die hatte plötzlich einen Revolver in der Hand – keine Damenpistole, auch keine Pistole von größerem Kaliber – nein, einen Revolver, der gut und gerne zwei Kilo wog. Sie feuerte zwei Mal durch das Fenster.
Draußen, auf dem schmalen Rasenstück, zwischen dem Blockhaus und der Themse, antwortete ihr ein häßliches Lachen. Dann rief eine Stimme: „Duck dich, Kathrin!“
Tatsächlich ging die alte Frau blitzschnell in die Knie. Ein zweiter Pfeil fuhr zischend durch das zerbrochene Fenster. Archies Großmutter stieß einen unflätigen Fluch aus. Der Pfeil bohrte sich nur Millimeter neben dem ersten in die Wand. Dann hörte man, wie ein Bootsmotor angeworfen wurde. Die Schraube wühlte das Wasser hörbar auf. Das

Boot rauschte davon. Plötzlich war es sehr ruhig im Blockhaus.
Old Arthur sah Larry durchdringend an. „Er hätte Sie treffen können.“
Larry lächelte. „Ja, ich stand sehr gut erkennbar im Licht.“
Old Arthur erhob sich und wandte sich an Archie: „Wenn ich jetzt einen Whisky haben könnte...“, dann blickte er wieder zu Larry hinüber und sagte: „Antony Goldman war im College der beste Bogenschütze.“
Larry zuckte die Achseln. „Ich war im College der beste Tortenesser!“
Archies Großmutter meldete sich: „Es ist schon nach Mitternacht. Wir schließen.“
Sir Arthur ging rasch zur Tür. Dort wandte er sich nochmal um und schaute Archies Großmutter an: „Duck dich, Kathrin“, hat der Bogenschütze gerufen, Sie kennen ihn, nicht wahr?“
Die alte Frau lächelte. „Ich kenn ja kaum mich und bin schon so alt!“
„Na dann!“ Old Arthur verbeugte sich und verließ rasch das Blockhaus. Als er die Tür hinter sich zuzog, schlug wieder der Hund an. Draußen suchten sich die Themseschiffe laut tutend ihren Weg durch den Nebel, der jetzt auch über die Uferböschungen kroch. Old Arthur fror, als er den kiesbestreuten Weg zum Gartentor hinaufging.

2. Rettung in letzter Sekunde

Billy, Bob und Denise saßen bei Old Arthur im Edgar-Wallace-Archiv und hörten aufmerksam, was er über den vergangenen Abend erzählte. Miss Sothebee, seine ältliche, dünne und ein wenig spitznasige Sekretärin, hatte Kaffee gekocht und einen selbstgebackenen Rührkuchen dazu gestellt. Als Old Arthur seine Erzählung beendet hatte, fragte Billy: „Und du nimmst uns wirklich mit nach Oxford?“

„Ja, warum denn nicht? Die Stadt ist interessant und völlig erhalten. Während ich meinen alten Freund Goldman aufsuche, könnt ihr euch die Colleges anschauen. Jedes einzelne ist sehenswert.“

„Und man darf auch rein?“ fragte Denise.

„Sicher, zu bestimmten Zeiten schon. Am Wochenende ist das sowieso kein Problem.“

Bob hatte inzwischen angefangen, das Telefonbuch von Großlondon zu durchstöbern. Nach einer Weile sagte er: „Komisch, einen BSV gibt es nicht, nur einen KBSV – einen Königlichen Bogenschützen-Verein und der hat sein Gelände irgendwo im Norden der Stadt.“

„Seltsam“, murmelte Hicksted. „Ich hatte die ganze Zeit das Gefühl, daß da etwas nicht stimmen konnte. Aber warum sollte sich jemand auf diese lächerliche Weise einen falschen Namen zulegen?“

„Vielleicht gibt es ja zwei Clubs“, gab Denise zu bedenken, „Bogenschießen ist ja ein beliebter Sport.“

„Aber dann würde der zweite ja vielleicht auch im Telefonbuch stehen“, belehrte sie ihr Bruder. „Tatsache ist nun mal, daß es in diesem Buch keinen BSV gibt!“

„Mein Gott, wenn du mal was entdeckt hast, mußt du aber

auch gleich unheimlich auftrumpfen!“ Denise wandte sich demonstrativ Kaffee und Kuchen zu.
„Wann fahren wir?“ fragte Billy.
„Ich denke, morgen gegen 14 Uhr, oder habt ihr am Wochenende Hausaufgaben?“
„Nein“, kam es wie aus einem Mund. „Das würden wir uns ganz schön verbitten“, ließ Bob noch folgen.
„Also gut, dann laßt mich mal arbeiten und seid morgen nachmittag pünktlich, ja!“
Billy, Bob und Denise verließen das Archiv und gingen langsam durch das geräumige Treppenhaus hinunter.
„Ich hätte noch ein bißchen Zeit“, sagte Billy, der mit bald fünfzehn Jahren der älteste von ihnen war.
„Du meinst, wir könnten noch etwas unternehmen?“ fragte Denise.
„Ich hab noch zu trainieren“, Bob, der kleinste des Trios, zog eine Stoppuhr aus der Tasche und begann nervös mit schnellen Schritten auf der Stelle zu treten.
„Na gut, geh du trainieren!“ sagte Billy.
„Und ihr?“
„Mal sehen“, sagte Billy unbestimmt. Er war lieber mit Denise allein.
„Okay, okay!“ Bob hob beide Hände, „ich weiß, ich störe mal wieder!“ Er riß die Tür auf und trabte davon.
„Was hast du eigentlich vor?“ wollte Denise wissen, als sie die Straße betraten.
„Ich dachte, wir könnten uns diesen BSV mal ansehen.“

Die Sonne hatte den Nebel im Laufe des Tages niedergekämpft. Zwischendurch hatte es aber ein bißchen genieselt, so daß die Blätter der Buchsbaumhecke glitzerten, als ob sie mit Diamanten überstreut wären.

„Da muß das Tor sein“, sagte Billy. Er faßte in das dichte grüne Blattwerk.
„Ist da wer?“ fragte die rauhe Stimme der alten Kathrin.
„Können wir etwas fragen?“ rief Billy.
„Fragen kostet nichts.“
Die beiden jungen Leute sahen ratlos die Hecke an. Das Tor blieb verschlossen.
„Können wir nicht reinkommen?“
„Warum?“
„Wir wollten Bogenschießen lernen.“
„Was wollt ihr?“
„Bogenschießen lernen!“
„Da müßt ihr woanders hingehen.“
„Aber hier ist doch der Bogenschützen-Verein, oder?“
„Früher mal gewesen. Jetzt ist das Privatgelände. Also verschwindet!“
Denise und Billy hörten, wie sich die schlurfenden Schritte der alten Kathrin entfernten.
„Was jetzt?“ fragte Denise leise.
„So schnell gebe ich nicht auf. Vielleicht kommt man ja von der anderen Seite an das Grundstück heran.“
Aber das war sehr viel leichter gesagt als getan. Die Ufergrundstücke reihten sich dicht aneinander und nirgendwo fanden die beiden einen Durchlaß. Erst eine halbe Meile flußaufwärts führte ein asphaltierter Weg, der immer wieder durch zwei oder drei Treppenstufen unterbrochen wurde, zum Fluß hinunter. Am Ufer trafen sie auf eine schmale Mauer, die ein Stück weit dem Wasser folgte, dann aber plötzlich abbrach. Denise und Billy standen vor einem doppelten Stacheldrahtzaun.
„Da kommen wir nicht weiter“, sagte Denise.
Billy sah sich suchend um. Dann deutete er auf einen Kahn,

der nur wenige Meter entfernt an einem kleinen Bootssteg festgemacht war und ruhig in den leichten Wellen dümpelte.
„Wir leihen uns das Boot."
„Also, ich weiß nicht…", Denise war unbehaglich bei dem Gedanken. Aber da war Billy schon vorausgerannt. Er zog den Kahn an einer Kette Hand über Hand ans Ufer und half Denise, die noch immer zögerte, hinein.
Vorsichtig steuerte der Junge das Boot ein Stück auf den Fluß hinaus, dann ließ er es treiben. Die Strömung nahm es mit flußabwärts. Erst als das Blockhaus in Sicht kam, stieß Billy die Ruderblätter wieder ins Wasser und brachte das Boot mit ein paar kräftigen Schlägen näher ans Ufer.
Das Grundstück wirkte verlassen. Ein großer Schäferhund döste an seiner Kette und blinzelte in die untergehende Sonne. Die Fensterläden des Blockhauses waren geschlossen. Nur an dem niedrigen Anbau waren sie aufgeklappt.
„Laß uns zurückrudern!" sagte Denise. „Hier ist sowieso nichts los."
Billy nickte und drehte den Kahn gegen die Strömung. In diesem Augenblick kam ein Sportboot die Themse heraufgeschossen, dessen Bug sich hoch aus dem Wasser hob und das eine breite, schäumende Gischtspur hinter sich zurückließ. Ein Mann stand am Steuer, ein zweiter saß im Heck. Das elegante Schnellboot zog eine weite Kurve und hielt auf das BSV-Grundstück zu. Billy mußte schnell und mit aller Kraft pullen, um aus der Bahn des heranrasenden Bootes zu kommen, dessen Motor jetzt noch einmal laut aufjaulte, ehe er gestoppt wurde. Das Boot sank tief in das Wasser der Themse und lief dann ruhig aufs Ufer zu.
Der Mann, der am Steuer gestanden hatte, ging zum Bug vor, griff nach einer Leine und sprang mit einem weiten Satz an Land. Erst als er das Boot vertäut hatte, erhob sich der

Mann im Heck und stieg auf den massiven Bootssteg. Billy wäre gerne näher herangerudert, aber damit hätte er nur auf sich aufmerksam gemacht.
Die Männer gingen auf das Blockhaus zu. Der Hund sprang auf und wedelte heftig mit dem Schwanz. Der erste stieß einen grellen Pfiff aus, worauf augenblicklich die Tür aufgestoßen wurde, die sich sofort wieder schloß, als die beiden die Schwelle überschritten hatten.
„Wenn der Hund nicht wäre, könnte man sich vielleicht anschleichen", sagte Billy. „Aber das Biest bellt ja bestimmt sofort los."
„Nicht bei mir", sagte Denise. Und da mochte was dran sein, denn es gab nur wenige Menschen, die so gut mit Tieren umgehen konnten wie Denise Rowly.
„Versuchen können wir's ja mal", sagte Billy und wendete den Kahn. Keine zwei Minuten später legten sie an.
Der Hund hob aufmerksam den Kopf und schnüffelte in ihre Richtung. Ein heiseres Knurren kam tief aus seiner Kehle, und das Maul schob sich zurück, so daß man ein kräftiges, weißes Gebiß zu sehen bekam.
Denise stieg aus dem Boot und ging langsam auf das Tier zu. Leise sprach sie auf den Schäferhund ein: „Ja, du bist ja ein guter Hund, ein braver Hund."
Das Knurren wurde leiser und der Schwanz begann ein ganz klein wenig zu wedeln. „Wie heißt du denn?" redete Denise weiter. „Hasso, oder Bello, oder Cäsar?"
Bei Cäsar spitzte er aufmerksam die Ohren und das Schwanzwedeln verstärkte sich.
„Also Cäsar heißt du!" Denise streckte ihre Hand ein wenig vor, so daß der Hund am Handrücken schnuppern und die Witterung aufnehmen konnte.
Billy schaute fasziniert zu, wie seine Freundin das machte.

Jetzt ließ der Schäferhund sich sogar hinter den Ohren kraulen. Er drängte seinen massigen Kopf gegen die Beine von Denise.
Billy wagte sich nun auch auf das Grundstück. Auf Zehenspitzen ging er auf das langgestreckte Haus zu, wobei er einen weiten Bogen um das Mädchen und den Hund schlug. Cäsars Augen folgten dem Jungen, und einen Augenblick lang schien es, als ob er auf ihn losstürzen wollte, aber da redete Denise auch schon wieder beruhigend auf das Tier ein und brachte es zur Ruhe.
Billy hatte die Hausecke erreicht. Er legte sein Ohr an einen der Fensterläden. Leise vernahm er die Stimme der alten Kathrin: „Mein Enkel ist wirklich verreist, wie oft soll ich das noch sagen. Und außerdem: Er hat diesem Sir Hicksted kein Sterbenswort gesagt."
„Aber er hätte, wenn ich nicht dabei gewesen wäre", sagte eine Männerstimme.
„Und warum hat er Sie dann mitgebracht, hä?"
„Das war nicht so ganz freiwillig, Kathrin."
„So, und warum nicht?"
„Wir haben ihn beobachten lassen. Nach einem kurzen Gespräch im Park zwischen diesem Old Arthur und unserem lieben Archie ist er diesem Wallace-Forscher nur noch sehr nachlässig gefolgt und hat ihn dann einfach davonziehen lassen. Statt Hicksted weiter zu beschatten, hat Ihr Enkel Archibald seine Lieblingskneipe aufgesucht und einen Liter Bier bestellt."
„Er wird Durst gehabt haben."
Die beiden Männer lachten und derselbe, der zuvor gesprochen hatte, sagte: „Ich hab dann beschlossen, Archie nicht mehr aus den Augen zu lassen, also habe ich mich kurzerhand zu ihm gesellt. Ich hab so getan, als ob ich zufällig in die

gleiche Kneipe geraten wäre, obwohl ich solche Lokale sonst eher verabscheue. Wir haben noch ein, zwei Bier getrunken und was gegessen. Anfänglich versuchte Archie, mich loszuwerden, dann aber, als er merkte, daß das nicht funktionierte, sagte er, dieser Old Arthur habe ihn entdeckt."

„Stimmt ja auch!" fuhr die Frau dazwischen.

„Natürlich stimmts! Aber es stimmt nicht, daß Archie Mister Hicksted hierhergelockt hat, um ihn auszuhorchen. Das wollte er mir nämlich weismachen. Aber das Gegenteil war der Fall. Und daß Archibald verschwunden ist, beweist es nur zu deutlich."

„Ich hab nichts damit zu tun, daß er weg ist", sagte die alte Kathrin trotzig.

„Aber du hast gestern abend auf mich geschossen!" ließ sich nun der andere Mann hören. „Zwei Mal – Larry hat es gesehen!"

„Was hätte ich tun sollen? Meinen Enkel oder mich erschießen lassen?"

Es trat ein kurzes Schweigen ein. Dann sagte der Mann, der erst ganz zum Schluß geredet hatte: „Wir müssen Archie finden."

„Warum denn? Er ist doch nur eine ganz kleine Figur. Euer Laufbursche, weiter nichts."

„Laufburschen, die so plötzlich verschwinden, können wir aber nicht brauchen!" schrie plötzlich der Mann, der zuerst gesprochen hatte. Wo ist er?"

„Ich weiß es nicht!" antwortete Kathrin.

„Dann werden wir dich mitnehmen. Archie hängt an dir. Er wird sich melden, wenn er weiß, daß es dir dreckig geht."

„Das könnt ihr doch nicht machen."

„Aber sicher können wir das!"

„Und das Haus?"
„Wird verrammelt und verriegelt."
„Und Cäsar?"
„Die Bestie kann von mir aus verrecken."
Billy hatte jetzt keine Schwierigkeiten mehr mitzubekommen, was in dem Blockhaus gesprochen wurde, weil die Stimmen immer lauter wurden.
„Nein!" schrie die Frau entsetzt.
„Am besten, wir knallen den Hund gleich ab", sagte der Mann, der zuerst gesprochen hatte.
„Das dürft ihr nicht", schrie Kathrin außer sich.
„Dann sag uns, wo Archie ist."
Die Frau schwieg.
„Also, als erstes erledige ich mal den Hund", sagte die erste Männerstimme.
Billy hörte, wie ein Stuhl zurückgeschoben wurde. Die alte Kathrin hatte zu weinen begonnen.
Schritte näherten sich der Tür. Billy sah sich gehetzt um. Er entdeckte neben der Dachrinne eine Eisenstange, die offensichtlich dazu diente, das Rohr freizustochern, wenn es verstopft war. Der Junge griff sich die Stange und näherte sich wieder der Tür.
„Nein, Larry, nicht!" schrie die Frau im Haus.
Die Tür ging auf, eine Hand mit einer Pistole erschien, dann das baß erstaunte Gesicht des Mannes.
„Was sucht denn das Mädchen hier!?" rief er überrascht.
Billy stand keinen Meter von ihm entfernt. Er starrte krampfhaft auf die Hand mit der Waffe, die in die Richtung von Denise und dem Hund zeigte. Dann schlug er zu – mit aller Kraft, die ihm zur Verfügung stand, ließ er die Eisenstange auf den Unterarm des Mannes krachen. Der schrie laut auf vor Schmerz und brach in die Knie. Die Pistole

klapperte über die Steinstufen hinunter und trudelte dann ziellos über den Weg, der zu dem Bootssteg führte.
Der Hund bellte und zerrte an seiner Kette.
Billy hatte nur einmal in seinem Leben eine Pistole in der Hand gehabt – das war im Landhaus seines Onkels gewesen, als der dem Fall Blackburn nachging. Dennoch faßte der Junge jetzt beherzt nach der Waffe.
Larry lag noch immer dicht hinter der Schwelle und hielt mit der linken Hand sein rechtes Armgelenk fest.
„Was ist eigentlich los da draußen?" brüllte der andere Mann.
„Lassen Sie die Frau raus!" rief Billy, „ich habe eine Waffe."
„Stimmt", sagte Larry, der sich immer noch vor Schmerzen krümmte. „Und mir hat er das Handgelenk gebrochen. Aber das wird er büßen, so wahr ich Larry..."
Er unterbrach sich. Kathrin erschien in der Tür.
„Kommen Sie rasch!" sagte Billy.
„Aber ... aber, warst du nicht vorhin am Tor?"
„Doch, doch", er griff nach ihrem Arm und zerrte sie vollends über die Schwelle. Larry hatte sich inzwischen aufgerichtet und taumelte in das Haus zurück. Billy warf die Tür zu.
„Wo ist der Schlüssel?" fragte er.
Kathrin kramte in ihrer Schürzentasche. Sie brachte einen Schlüssel zum Vorschein und stieß ihn selber ins Schloß. Sie drehte ihn um und zog ihn ab.
„Gibt es einen anderen Ausgang aus dem Haus?" fragte Billy.
Kathrin schüttelte den Kopf. Der Junge warf einen raschen Blick nach den Fensterläden, die aber von außen mit quer liegenden Eisenstangen blockiert waren.

„Los, weg hier!“ rief er.
„Aber nicht ohne Cäsar!“
Denise hatte den Hund bereits von der Kette losgehakt. Jetzt kam er in großen Sätzen auf Kathrin zu und sprang an ihr hoch. Auch Billy begrüßte er auf diese Weise. Sie gingen rasch auf das Gartentor zu.
„Was wird aus dem Boot?“ fragte Denise.
„Der Besitzer wird es schon finden, los jetzt!“ drängte Billy.
Erst als sie vor dem Tor standen, überlegten sie, wie es weitergehen sollte.
„Ich weiß nicht wohin“, jammerte Kathrin, „und mit dem Hund schon gleich gar nicht.“
„Wir fahren zu Old Arthur!“ bestimmte Billy.
„Und wie?“
„Mit einem Taxi. Mein Onkel – Old Arthur ist nämlich mein Onkel, müssen Sie wissen – wird es bestimmt bezahlen.“
Der erste Taxifahrer allerdings lehnte es ab, einen Hund mitzunehmen. Aber er rief über Funk einen tierfreundlichen Kollegen herbei. Und so kutschierten sie zu Old Arthur – Billy vorne als Beifahrer neben dem Chauffeur, und Cäsar hinten zwischen Kathrin und Denise mit stolz aufgestellten Ohren und aufmerksamem Blick.
Es ging schon gegen neunzehn Uhr. Um diese Zeit war Sir Arthur Hicksted in der Regel nicht mehr in seinem Büro. Zwar hatte er keinen sehr geregelten Tagesablauf, aber an bestimmte Daten hielt er sich genau. So pflegte er freitags gegen siebzehn Uhr dreißig das Archiv zu verlassen, um sich in seiner kleinen Vorstadtvilla ein oder zwei Stunden zu erholen, ehe er in seinen Club ging, wo er in der Regel Horatio McIntire traf – seinen besten Freund, der als Chefreporter bei der „Times“ arbeitete und, ebenso wie Old Arthur, ein leidenschaftlicher Schachspieler war. Im Club spielten sie

fast jeden Freitag zwei Partien – keine mehr und auch keine weniger.
Als das Taxi vor dem gepflegten kleinen Gartengrundstück in London-Marlow hielt, war es neunzehn Uhr und sieben Minuten. Billy sprang aus dem Auto, rannte zur Haustür und klingelte Sturm.
„An der Art, wie du schellst, erkennt man dich schon", empfing ihn sein Onkel, „wo brennts denn, Neffe William?"
„Erst mal muß ich ein Taxi bezahlen, und dann hab ich eine Menge zu berichten."
„Du, ich habe leider keine Zeit", sagte Old Arthur, „McIntire ist gerade gekommen, um mich abzuholen. Wir wollen gleich in den Club."
„Ich glaube, daß sich auch McIntire für die Geschichte interessiert."
Als Old Arthur in den Fond des Taxis schaute und die alte Kathrin erkannte, glaubte er das allerdings auch. Niemand war so scharf auf aktuelle Kriminalfälle wie Horatio McIntire. Eine Viertelstunde später saßen sie alle in Old Arthurs gemütlichem Salon. Im Kamin knisterte ein Feuer. Kathrin hielt ein wenig geziert ihre Teetasse in der Hand und erzählte: „Man hat mir vor zwei Jahren angeboten, das Blockhaus als Wirtin zu übernehmen. Ich war damals arbeitslos und Geld hatte ich keines, weil ich jeden Penny in die Ausbildung meiner sieben Enkel gesteckt hatte. Ihre Eltern waren bei einem Verkehrsunfall ums Leben gekommen. Da kam ein älterer, wirklich gut aussehender Herr. Er stellte sich als Christopher Lindinghouse vor und gab an, das Gelände des Bogenschützenvereins gekauft zu haben. Aber bald schon merkte ich, daß gar nicht daran gedacht war, das Vereinsheim wieder als Gaststätte zu benutzen."
„Gab es denn wirklich einen BSV?" fragte Old Arthur.

„Früher mal, ja, aber der hat sich mit dem Königlichen Bogenschützen-Verein zusammengeschlossen. Und die haben jetzt eine gemeinsame Bleibe im Norden der Stadt. Da ist auch gleich ein Gelände mit fünf Schießbahnen dabei."

„Interessant", Old Arthur goß allen noch einmal Tee nach. Die Uhr schlug acht.

„Also, Sie hatten praktisch nichts zu tun in dem Blockhaus?"

„Naja, so wars dann auch wieder nicht. Ich mußte ja das Haus in Schuß halten, und drei Mal in der Woche tagten sie hier."

„Wer sie?"

„Naja, die drei Herren eben."

„Was für Herren?"

Die alte Frau zuckte die Achseln. „Ich durfte sie nicht mit den Namen anreden."

„Sondern?"

„Mit Nummern!"

„Was?" riefen Old Arthur und McIntire wie aus einem Mund.

„Ja, Lindinghouse zum Beispiel war Nummer eins."

„Und kam Ihnen das nicht komisch vor?" fragte McIntire.

„Sie können vielleicht fragen! Natürlich kam mir das komisch vor. Aber ich bin alt genug, um zu wissen, wann ich mich nicht einmischen sollte."

Einen Augenblick lang herrschte Schweigen in Old Arthurs Salon. Schließlich sagte Hicksted: „Haben Sie eine Vorstellung, was die geheimnisvollen Drei besprachen, wenn sie sich im Blockhaus trafen?"

„Nein. Ich mußte alles zurechtstellen, bevor sie kamen – Essen, Getränke –, bedienen durfte ich nicht, obwohl ich das gerne mache. Im Blockhaus gibt es einen schalldichten

Raum. In den haben sich die Herren immer eingeschlossen." Old Arthur nickte. „Ich verstehe – Sie haben sich zwar gewundert, aber Sie sind auch eine Frau, die schweigen kann, nicht wahr? Nummer eins" – unwillkürlich übernahm er die Bezeichnung – „hat sich bestimmt sorgfältig umgesehen, ehe er seine Wahl traf. Und sicherlich werden Sie ausnehmend gut bezahlt."

„Das stimmt – und ich kann das Geld gut gebrauchen, zwei meiner Enkel gehen noch zur Schule, drei studieren – und alle hängen sie an meinem Rockzipfel, das heißt, für alle muß ich sorgen."

„Aber was ist nun eigentlich heute abend passiert?" wollte McIntire wissen.

„Nummer eins und Larry erschienen plötzlich bei mir. Ich habe zuerst natürlich nichts dabei gedacht. Es kommt immer mal wieder vor, daß einer von ihnen überraschend auftaucht."

„Hat Larry auch eine Nummer?" fragte der Journalist dazwischen.

„Nein, der doch nicht. Er ist eigentlich ein Freund von Archie, aber irgendwoher kennt er auch Mister Lindinghouse."

„Ah ja, bitte fahren Sie fort", sagte McIntire förmlich.

„Naja, sie sind gleich reingeplatzt, haben mich böse angeguckt und schrecklich geschimpft. Ich hab zuerst gar nicht begriffen, was sie eigentlich wollten. Richtig bedroht haben sie mich. Sie suchen Archie, soviel hab ich begriffen. Offensichtlich glauben sie, daß er etwas verraten könnte – ich frag mich bloß was?"

„Tja", sagte Old Arthur, „ich könnte mir vorstellen, daß Archie sich ganz anders verhalten hat als Sie. Er ist neugierig und genau der Typ, der immer vom schnellen Geld träumt.

Also wird er sich nicht damit begnügt haben, brav die Aufträge der geheimnisvollen drei Herren auszuführen. Vermutlich hat er auf eigene Faust recherchiert, um sein Wissen zu verkaufen…"

„Aber an wen?"

„Nun, an mich zum Beispiel!"

„An Sie?"

„Ja, ich habe ihm ja quasi ein Angebot gemacht – gestern im Park. Er war dumm genug, seinem Freund Larry davon zu erzählen. Das schreckte dann offensichtlich die drei Herren so auf, daß sie zu Gegenmaßnahmen griffen."

„Also, mir wächst das alles über den Kopf." Kathrin beugte sich vor und kraulte ihren Hund hinter den Ohren. Cäsar, der lang ausgestreckt vor dem Feuer lag, blinzelte mit einem Auge und begann verhalten mit dem Schwanz zu wedeln.

„Ich kann doch nicht einfach davonlaufen", fuhr Kathrin fort. „Alles was ich habe ist im Blockhaus. Ich wohne ja schließlich dort."

Old Arthur versuchte, sie zu beruhigen. „Das wird sich alles regeln. Das Wichtigste ist, daß wir Archie finden. Sobald wir ihn in Sicherheit wissen, sollten Sie sich der Polizei anvertrauen."

„Nein!"

„Haben Sie Angst vor der Polizei?"

„Die könnten mich sowieso nicht schützen – ich bin geliefert, wenn Nummer eins merkt, daß ich zur Polizei gegangen bin."

„Ich habe einen guten Freund bei Scotland Yard…"

„Und ich habe ‚nein' gesagt und dabei bleibts!"

Old Arthur sah die alte Frau nachdenklich an, dann blickte er hilfesuchend zu seinem Freund Horatio McIntire hinüber. Der aber hob auch nur hilflos die Schultern.

Billy und Denise hatten die ganze Zeit still dagesessen und stumm zugehört. Jetzt stand das Mädchen auf und sagte: „Ich muß nach Hause – am liebsten würde ich Kathrin und Cäsar mitnehmen, aber bei uns ist es sowieso schon zu eng.“
Denise und Bob Rowly lebten alleine mit ihrer Mutter, seit sich die Eltern getrennt hatten. Sie wohnten in einer kleinen Drei-Zimmer-Wohnung in der Hangston-Street.
„Laß mal“, sagte Old Arthur, „heute nacht können die beiden erst mal hier bleiben, und morgen sehen wir dann weiter. Ich nehme an, daß Billy dich nach Hause begleitet.“
Er sah seinen Neffen ernst an. „Das war schon toll, wie du Larry lahmgelegt hast, aber mir wäre es lieber, ihr hättet euch da nicht eingemischt.“
„Dann wäre Cäsar jetzt tot!“ begehrte Denise auf.
„Da hast du natürlich recht. Andererseits hat Billy jetzt einen unversöhnlichen Feind. Und wenn ich den richtig einschätze, ist er kreuzgefährlich.“
Billy lief es kalt über den Rücken. Old Arthur gehörte nicht zu denen, die eine Gefahr größer darstellten, als sie war.
„Wenn das so ist, werde ich die beiden jungen Leute im Wagen nach Hause bringen“, sagte McIntire. Er wollte ohnehin los, denn möglicherweise brachte er ja noch eine Geschichte über die geheimnisvollen Bogenschützen in seiner Zeitung unter. Old Arthur, der seinen Freund natürlich durchschaut hatte, sagte an der Haustür: „Und kein Wort in der ‚Times‘, daß das klar ist, Horatio. Wir wollen keine schlafenden Hunde wecken. Die Geschichte ist viel zu delikat.“
Er klopfte Billy auf die Schulter, reichte Denise und McIntire die Hand und drehte sich zur Haustür um.
Im gleichen Augenblick fiel ein Schuß. Old Arthur spürte einen Schlag gegen die Schulter und wurde um die eigene Achse gewirbelt. Dann stürzte er vor der Haustür nieder.

Cäsar kam laut bellend aus dem Haus gerannt. Billy hatte Denise zu Boden gerissen. McIntire war breitbeinig stehen geblieben und hatte automatisch Notizblock und Stift aus der Tasche gezogen. Aber er begann nicht zu schreiben, sondern rannte – nachdem er sich einen Augenblick besonnen hatte – zu seinem Freund, der stöhnend vor der Haustür lag. Aus der Dunkelheit hörten sie eine verzerrte Männerstimme: „Kathrin soll rauskommen, dann geschieht nichts weiter." Der Hund stand jetzt bellend am Zaun. Kathrin erschien unter dem Licht vor der Haustür. Verwirrt starrte sie auf Old Arthur hinab, aus dessen rechter Schulter Blut sikkerte. Denise und Billy lagen dicht nebeneinander unter einer Blautanne und wagten kaum zu atmen.
McIntire, der jetzt bei Old Arthur kniete, sagte: „Wir brauchen sofort einen Arzt." Kathrin ging wortlos ins Haus.
„Was ist jetzt?" bellte die Stimme aus der Dunkelheit.
Billy sagte leise zu Denise: „Irgendwer muß unserem Taxi gefolgt sein."
„Glaube ich nicht", flüsterte sie zurück, „vielleicht dachten die, daß Archie bei Old Arthur ist."
„Aber sie haben doch nach Kathrin gerufen."
„Ja, nachdem sie den Hund gesehen hatten."
„Ich zähle bis fünf, dann ist Kathrin hier!" kam die Stimme wieder aus der Dunkelheit. „Eins!"
„Was wollen Sie von ihr?" rief McIntire.
„Zwei!" zählte der Mann draußen ungerührt.
„Lassen Sie, ich werde gehen!" sagte Kathrin mit zitternder Stimme vom Hausflur her. „Ich habe die Ambulanz angerufen."
„Drei", tönte es durch die Dunkelheit.
„Was will er denn machen, wenn sie nicht kommt?" flüsterte Denise.

„Vier!“
In diesem Augenblick erklang blechern ein Gong, so laut, daß alle anderen Geräusche übertönt wurden.
„Mann, der alte Edgar!“ entfuhr es Billy.
Und da hörten sie auch schon die Stimme:

„Hier spricht Edgar Wallace –
Nicht jeder Verbrecher hat das Format von Cäsar Valentin.“

Danach ertönte der Gong erneut. Dann war es plötzlich unheimlich still rund um Arthur Hicksteds großes Grundstück.
„Puuuuuh!“ machte Denise, „das war Hilfe in letzter Sekunde.“
„Wieder einmal die Stimme“, sagte Billy, „wer da bloß dahintersteckt?“
Die beiden Kinder standen auf. McIntire rannte über den Kiesweg zum Gartentor und riß es auf. Man hörte seine Schritte auf dem Gehsteig, dann eine Autotür, die aufgeschlossen wurde. Und plötzlich flammten die Scheinwerfer am Wagen des Reporters hell auf.
Denise und Billy reckten die Köpfe, um über den Palisadenzaun sehen zu können, der das Grundstück umgab. Auf der Straße lag eine zusammengekrümmte Gestalt.
Old Arthur war inzwischen, gestützt von Kathrin, aufgestanden und ins Haus gegangen.
Ein Krankenwagen näherte sich. Die Sanitäter entdeckten den Mann auf der Straße und kümmerten sich sofort um ihn. McIntire versuchte zwar, ihnen beredt klar zu machen, daß es noch einen zweiten, sicher viel schlimmer Verletzten gab, aber erst als sie mit dem Mann auf dem Straßenpflaster fertig waren, der offensichtlich mit einem stumpfen Gegenstand niedergeschlagen worden war, bequemten sie sich, McIntire zu folgen.

Denise und Billy hatten sich inzwischen an den Krankenwagen herangepirscht. Sie kannten den Mann, der bleich und wie tot auf der schrägen Bahre lag – es war Larry.
Seine rechte Hand war nicht sonderlich fachmännisch verbunden worden.
„Er hätte bestimmt getroffen, wenn er nicht mit links hätte schießen müssen", sagte Billy fachmännisch.
„Dann hast du also deinem Onkel das Leben gerettet!"
„Schon möglich."
„Ach, da treibst du dich rum. Das hab ich mir doch schon halb gedacht." Plötzlich stand Billys Vater hinter den beiden. „Wenn ich dich suche, brauche ich nur mal kurz bei meinem Herrn Bruder vorbeizuschauen. Und offensichtlich gibts auch schon wieder Schwierigkeiten. Wie oft soll ich dir das noch sagen, Billy! Dieses dumme Detektivspielen ist dir verboten!" Beim letzten Wort hatte er jede Silbe einzeln betont, und jetzt wiederholte er nochmal:
„Ver – bo – ten!" Er sah seinen Sohn streng an. „Und jetzt komm nach Hause!"
„Aber Old Arthur ... ich meine, Onkel Arthur ist verletzt – eine Schußwunde!"
„Was?" Sofort eilte Billys Vater auf die offene Haustür zu.
„Ein Kratzer, weiter nichts!" sagte gerade ein dicker Sanitäter. „Die Kugel ist nicht steckengeblieben. Aber der Verband sollte erst mal zwei oder drei Tage dranbleiben. Dann muß man ihn erneuern. Gute Besserung, Sir!"
Die beiden Sanitäter marschierten hinaus und zogen die Tür hinter sich zu.
„Man muß die Polizei verständigen", sagte der Dicke.
„Aber sicher, so stehts in den Vorschriften. Ich gebs gleich über Funk durch", antwortete sein Kollege.
Während er zum Führerhaus ging, stapfte der Dicke nach

hinten, um noch einen Blick auf den Patienten zu werfen und die beiden Flügel der hinteren Tür zu schließen. Aber die Bahre war leer. Larry war verschwunden. Wütend warf der Sanitäter die Tür zu und rief: „Da schindet man sich, schafft wie ein Dummer – und dann … und dann?“
„Was ist dann?“ rief der Kollege von vorne.
„Der Verletzte hat ’ne Fliege gemacht.“
„Na prima, müssen wir ihn schon nicht ausladen!“
„Auch wieder wahr!“ meinte der Dicke. „Hast du die Polizei verständigt?“
„Klar – man hat mich gleich mit einem gewissen Chief-inspector Holloway verbunden. Er ist schon unterwegs.“
Der Dicke stieg auf den Beifahrersitz, und der Krankenwagen fuhr davon.

3. Anschlag in der Northern-Road

Holloway nahm seinen altertümlichen Zwicker von der Nase und sah streng zuerst Old Arthur und dann McIntire an. „Was sind das für seltsame Geschichten?"
Arthur Hicksted zuckte mit den Schultern. „Das kann ich Ihnen auch nicht so genau beantworten, mein Verehrtester. Ich muß annehmen, daß mir dieser Archie gefolgt ist, als ich Sie gestern besucht habe. Er hat das nicht sehr geschickt angestellt, muß ich sagen. Fast könnte man meinen, daß er es darauf angelegt hat, bemerkt zu werden. Auf jeden Fall ging er überraschend schnell auf mein Angebot ein, mich mit ihm zu treffen und ihm sein Wissen abzukaufen."
Holloway nickte nachdenklich. „Das bestätigt bis zu einem gewissen Grad unsere Annahme, daß Goldman einen Spitzel in Scotland Yard sitzen hat. Wahrscheinlich wird jeder Schritt registriert, den ich mache, und vor allem jeder Besuch, den ich empfange. Und schließlich kennt man ja Ihre Vorliebe für spannende Kriminalfälle, Sir Arthur."
„Ich habe mir vorgenommen, Goldman morgen in Oxford zu besuchen", sagte Old Arthur, „immerhin ist er ein alter Schulkamerad von mir."
„Ich würde an Ihrer Stelle aber äußerst vorsichtig sein."
„Keine Sorge. Außerdem denke ich, daß Goldman mir nicht gleich an den Kragen geht. Ich hab seinerzeit nicht nur häufig seine Schularbeiten für ihn gemacht, ich habe ihn sogar bei den Prüfungsarbeiten … wie soll ich sagen … unterstützt."
Holloway schüttelte mißbilligend den Kopf. „Darauf würde ich nicht allzuviel geben. Ich glaube kaum, daß Goldmans Dankbarkeit bis heute vorhält."

„Wir werden sehen.“ Old Arthur sah zuerst auf seine Uhr und dann zu Kathrin hinüber. „Ich hatte eigentlich gedacht, ich könnte Sie und Cäsar vorerst als meine Gäste bei mir behalten, aber nach dem Anschlag...“
Old Arthur warf einen Blick auf die verbundene Schulter. „Andererseits, wenn Sie mich nach Oxford begleiten würden...“ Er ließ den Satz in der Luft hängen.
Holloway hatte sofort begriffen, was Hicksted meinte.
„Sie glauben, Kathrin könnte sagen, ob dieser Lindinghouse und Goldman ein und dieselbe Person sind?“
Old Arthur nickte.
„Aber ohne Cäsar gehe ich nicht mit“, rief Kathrin dazwischen.
Arthur Hicksted verzog das Gesicht. Wahrscheinlich dachte er an die guten alten Lederpolster seines Wagens, außerdem war er nicht gerade ein ausgesprochener Hundefreund. Cäsar sah zu ihm auf, als ob er verstanden hätte, was gesprochen wurde und wedelte mit dem Schwanz. Widerstrebend sagte Old Arthur: „Gut, einverstanden.“
„Wer weiß, wofür es gut ist“, sagte Holloway. „Deutsche Schäferhunde gelten als außergewöhnlich wachsam.“
Der Chiefinspector verließ das Haus. Old Arthur wies Kathrin ein Zimmer im Oberstock an, dessen Fenster mit schweren Läden zu verschließen waren. Sorgfältig verriegelte er die Tür zum Vorplatz und die Hintertür, die in den Garten führte. Dann saß er noch lange vor dem Feuer in seinem Salon und las noch einmal Edgar Wallaces Geschichte „Agent Nummer 6“. Und auch danach ging er nicht gleich ins Bett. Er holte eine schwere Holzkassette vom Dachboden und schloß sie auf. Die Schätze darin waren ausschließlich Fotos aus seiner Schul- und Studentenzeit.
Schließlich lagen in einer langen Reihe auf dem Parkettbo-

den vor dem Kamin, in dem das Feuer langsam verglühte, gut drei Dutzend Bilder, auf denen Jungen und junge Männer beim Kricket- und beim Fußballspielen, beim Wandern und Schwimmen und beim Bogenschießen zu sehen waren. Zwei Jungen tauchten immer wieder auf. In dem einen erkannte man sofort den jungen Arthur Hicksted, der andere war etwas kleiner, breitschultrig und untersetzt. Er hatte lange blonde Haare, die fast bis auf die Schultern herabfielen und ein gut geschnittenes Gesicht mit einer ausgeprägten geraden Nase und vollen, anmutig geschwungenen Lippen. Die Bilder zeigten Antony Goldman als dynamischen, sportlichen jungen Mann, der den Betrachter offen und freundlich ansah.

Old Arthur sagte zu sich selbst: „Er müßte sich schon sehr verändert haben…" Aber er wußte natürlich aus unzähligen Kriminalfällen, die er miterlebt oder auch nur durch die Lektüre kennengelernt hatte, daß sich Menschen oft völlig anders entwickelten, als man in ihrer Jugendzeit angenommen hatte.

Es war lange nach Mitternacht, als Arthur Hicksted endlich ins Bett ging.

„Morgen werden wir klüger sein", sagte er zu seinem Spiegelbild, ehe er sich hinlegte.

Der nächste Tag war so grau und neblig, wie ein Tag nur in London sein konnte. Als Old Arthur vor die Tür trat, um die frischen Brötchen, die Milch und die Zeitung zu holen, konnte er nicht einmal bis zu dem nur sieben Meter entfernten Tor zur Straße sehen. Schnell warf er die schwere Eichentür wieder zu und kehrte ins Haus zurück.

„Lassen Sie mich das machen, Sir", rief Kathrin von der Treppe her. Sie war bereits angekleidet, hatte ihr Haar sorg-

fältig gekämmt und machte einen viel ruhigeren Eindruck als am Vorabend.
Old Arthur reichte ihr die Milch und die Brötchen und zeigte ihr den Weg in die Küche. „Sie müssen doch noch einen anderen Namen haben als Kathrin“, sagte er auf dem Weg dorthin.
„Ja, ich heiße eigentlich Kathrin Helena Tilson, aber alle Welt sagt nur Kathrin zu mir, sogar meine Enkel mögen meinen Vornamen lieber als die Anrede ‚Grandmother‘ oder ‚Grandma‘.“
Hicksted sah ihr in der Küche zu. Sie hatte geschickte Hände, alles, was sie machte, wirkte wohlüberlegt, kein Handgriff war zuviel. Nach einer Weile sagte der Hausherr: „Wir sollten Ihnen ein paar Sachen zum Anziehen kaufen.“
Überrascht wandte Kathrin sich um. „Kleider? Für mich?“
„Ja, Sie konnten doch nichts mitnehmen. Wir gehen zum Kaufhaus Blomingdale und machen eine schicke Dame aus Ihnen.“
Kathrin lachte ein wenig verlegen. „Daß Sie mich morgens schon auf den Arm nehmen wollen…“
„Nein, es ist mein Ernst. Ich will ohnehin bei meinem Arzt vorbei und nach der Wunde sehen lassen. Er hat seine Praxis in der gleichen Straße. Da können wir doch das Angenehme mit dem Nützlichen verbinden.“
Kathrin Helena Tilson zierte sich noch ein wenig, aber dann begleitete sie Sir Arthur doch in die Stadt. Cäsar saß stolz im Fond und beobachtete aufmerksam den Straßenverkehr. Sie mußten über den Piccadilly-Circus, wo die Autos in Viererreihen nebeneinander fuhren. Plötzlich knurrte Cäsar und fletschte die Zähne.
„Ruhig!“ ermahnte ihn Kathrin.
„Was hat er denn?“ fragte Old Arthur beunruhigt, konzen-

trierte sich dann aber wieder auf den Verkehr, weil ein Bobby die Fahrt freigab, indem er heftig mit seinem Stock wirbelte.
„Da!“ rief Kathrin plötzlich, „Nummer zwei.“
Old Arthur stoppte so heftig, daß der nachfolgende Fahrer fast aufgefahren wäre und ärgerlich hupte.
„Wo?“ rief Hicksted.
Kathrin deutete auf einen Zeitungsstand. „Dort, der mit der ‚Times‘.“
„Der Mann im dunklen Anzug mit dem Bowler-Hut?“
„Ja, genau!“
Der Fahrer hinter ihnen hupte in kurzen Abständen. Der Bobby wirbelte noch heftiger mit dem Stock und ließ seine Pfeife gellend schrillen.
Old Arthur gab langsam Gas, sah aber weiter zu dem Mann hinüber, der ihnen den Rücken zukehrte und die Zeitung aufgeschlagen hatte, um zu lesen.
„Verdammt“, brummte Hicksted, „die Haltung, die Art, wie er dasteht ... ich habe das Gefühl, ich kenne den Mann.“
Er befand sich jetzt im Kreisverkehr und entfernte sich von der Stelle, an der Nummer zwei stand. Cäsar gab ein leises Stöhnen von sich und machte sich auf den Polstern der Rücksitze lang.
„Beschreiben Sie den Mann bitte, so gut Sie es können“, sagte Old Arthur.
„Ja, was soll ich da sagen. Er ist etwa so groß wie Sie, schlank, vielleicht fünfzig oder fünfundfünfzig Jahre alt. Eine sehr gepflegte Erscheinung. Vor allem seine Hände sind mir aufgefallen, sie sind besonders schlank und lang, irgendwie ... ich weiß nicht, wie man dazu sagt...“
„Feingliedrig“, half Old Arthur.
„Ja, so würde man in einem Roman wohl dazu sagen.“

„Und weiter!"
„Was weiter?" fragte Kathrin.
„Was wissen Sie noch über ihn?"
„Nichts. Die Herren kommen und gehen, für mich haben sie nicht mehr übrig als ein kurzes ‚Guten Tag' und ‚Aufwiedersehen'."
„Was hat er für ein Gesicht?"
Kathrin sah Old Arthur unglücklich an.
„Ja, du liebe Zeit, was soll ich da sagen. Er hat helle Augen und die Nase mitten im Gesicht, mehr kann ich da wirklich nicht beschreiben. Er trägt keinen Bart, hat keine Narben und keine abstehenden Ohren."
„Wie spricht er?" forschte Old Arthur geduldig weiter.
„Feinstes Oxford-Englisch!"
„Na, das ist doch etwas!" Old Arthur lächelte Kathrin freundlich zu und lenkte kurz darauf seinen teuren Wagen vorsichtig an den Bordstein. Er gab Kathrin fünf Hundertpfundnoten. „Da, kaufen Sie sich etwas Schönes. Und bitte, sparen Sie nicht! Geben Sie das Geld aus und bringen Sie mir die Quittungen."
„Das ist zuviel!" protestierte Kathrin Tilson.
„Keinen Widerspruch! Ich hole Sie in zwei Stunden genau an dieser Stelle wieder ab. Und seien Sie vorsichtig."
„Und was wird mit Cäsar?"
„Ach so, das hab ich ganz vergessen, der kann ja auf keinen Fall mit in das Kaufhaus. Dann lassen Sie ihn eben in Gottes Namen hier im Wagen."
Kathrin drehte sich zu ihrem Hund um und erklärte ihm, daß er jetzt schön brav sein und Sir Arthur folgen müsse. Dann stieß sie die Tür auf und eilte auf den Eingang des Kaufhauses zu. Cäsar hatte sich auf die Vorderpfoten aufgerichtet und schaute ihr nach. Old Arthur legte den ersten Gang ein

und betätigte den rechten Blinker. Er wollte in den fließenden Verkehr einscheren, als Cäsar plötzlich ein gefährliches Knurren hören ließ. Arthur Hicksted fühlte eine Pfote des Hundes auf seiner Schulter und sah sich um. Das Tier fletschte die Zähne. Old Arthur parkte das Auto wieder ein und sofort ließ sich Cäsar friedlich nieder.
„Na also", sagte Hicksted zufrieden und unternahm den zweiten Versuch, in dem dichten Verkehr auf der Fahrspur eine Lücke zu finden. Aber sofort sprang Cäsar wieder auf, und diesmal klang sein Knurren noch bedrohlicher. Mit einem Satz war er auf dem Beifahrersitz und zeigte dem Fahrer sein gewaltiges weißes Gebiß.
„Bestie!" brummte Hicksted und parkte wieder ein.
Cäsar war zufrieden und rollte sich auf dem Platz zusammen, auf dem bis vor wenigen Augenblicken seine Herrin gesessen hatte.
„Rabenaas!" knurrte Old Arthur.
Cäsar schnaufte zufrieden auf.
„Notschlachten muß man so einen wie dich!"
Cäsar blinzelte und wedelte sogar ein wenig mit dem Schwanz. Old Arthur legte noch einmal den ersten Gang ein. Sofort saß der Hund wieder aufrecht und schob seinen massigen Kopf vor, als ob er sich gleich auf Hicksted stürzen wollte. Resigniert stellte Old Arthur den Motor ab, zog ein Buch aus dem Handschuhfach und begann zu lesen.
So saßen sie noch, als Kathrin zurückkam. Auf den ersten Blick hatte sie Arthur Hicksted gar nicht erkannt. Sie trug einen schicken leichten Mantel und einen bezaubernden Hut, der wie ein Blumenbukett aussah, dazu elegante sandfarbene Wildlederhandschuhe und hochhackige Schuhe in der gleichen Farbe. Auch ihr Gang hatte sich verändert. Etwas Damenhaftes ging von ihr aus, und Old Arthur hätte sie

jetzt allenfalls auf Ende Vierzig geschätzt, zumal sie offensichtlich noch Zeit gefunden hatte, ihre Haare beim Kaufhausfriseur zurechtlegen zu lassen.
„Schön, daß Sie schon wieder zurück sind“, rief Kathrin aufgeräumt. „Und mein Cäsar war bestimmt ein ganz braver Hund!“
Gutwillig sprang das Tier auf die Rückbank, um Kathrin Platz zu machen.
„Wie war's beim Arzt?“ fragte Mrs. Tilson.
„Och“, sagte Old Arthur, „ich hab ihn gar nicht erst aufgesucht. Schmerzen habe ich keine, und da dachte ich, daß ja auch Sie den Verband wechseln könnten.“
„Nun ja, wenn's sein muß!“ antwortete Kathrin säuerlich.
Old Arthur schaltete in den ersten Gang, warf einen mißtrauischen Blick nach dem Hund und scherte in den fließenden Verkehr ein. Cäsar grunzte zufrieden und streckte sich in seiner ganzen Länge auf Hicksteds feinen Veloursledersitzen aus.

Am Nachmittag starteten sie nach Oxford. Billys Vater, Timothy Hicksted, brachte die Kinder bei Old Arthur vorbei und erkundigte sich bei seinem Bruder, wie lange er wohl in der Universitätsstadt bleiben wolle und wo er wohl übernachten werde.
„Ein Freund von mir hat eine Buchhandlung in Oxford“, antwortete Old Arthur, „und ein geräumiges Haus nicht weit von der Stadt, ich habe ihn angerufen. Er freut sich auf unseren Besuch.“
Timothy musterte die Mannschaft im Rolls-Royce. Hinten saßen Billy, Denise und Bob, vorne thronte Mrs. Kathrin Helena Tilson. Zu ihren Füßen saß Cäsar wie ein Hund, der kein Wässerchen trüben konnte. Old Arthur, der hinter dem

Steuer Platz genommen hatte, warf dem Tier einen unfreundlichen Blick zu, während sein Bruder Timothy sagte: „Das muß ein komischer Heiliger sein, dein Buchhändler, wenn er sich auf eine solche Invasion auch noch freut." Old Arthur gab wortlos Gas. Die Kinder winkten, aber Billys Vater achtete nicht darauf, sondern stapfte mißmutig zu seinem Wagen, einem sieben Jahre alten Hillman, zurück.
Der Nebel hatte sich noch immer nicht gelichtet. Das war auch nicht anders zu erwarten gewesen; denn in London galt die Regel, wenn der Nebel länger als bis elf Uhr bleibt, verschwindet er den ganzen Tag über nicht. Aber schon als sie nach Beaconsfield kamen, wurde es heller, die dichten Schwaden lichteten sich, und bei High Wycombe schien sogar die Sonne.
Sie machten zwei Mal Rast, um Cäsar ein wenig Auslauf zu verschaffen. Er spielte mit Bob, Billy und Denise, die ihm Stöcke warfen, während Old Arthur, gegen die Kühlerhaube gelehnt, mürrisch zusah. Erst als der Hund auf ihn zulief und ihn mit der Schnauze sacht gegen das Knie stieß, hellte sich Old Arthurs Miene ein wenig auf. Nun nahm sogar er einen Stock auf und warf ihn weit über eine Wiese. Cäsar rannte dem Wurfgeschoß laut bellend hinterher, brachte es zurück und legte es Old Arthur schweifwedelnd vor die Füße.
„Jetzt hat er Sie anerkannt!" sagte Kathrin.
„Wurde ja wohl auch langsam Zeit", brummte Old Arthur und drängte zur Weiterfahrt. Auf den nächsten Meilen pfiff er ein Liedchen vor sich hin.
In Oxford setzte Old Arthur seine Freunde, zu denen er nun langsam auch schon Kathrin und Cäsar zählte, bei dem Buchhändler ab.
Antony Goldman wollte er erst einmal alleine aufsuchen.

Sein Weg führte ihn zum St.-Charles-College. Dort war in einem besonderen Gebäude, das früher sinnigerweise einmal als Kapelle gedient hatte, das Computer-Zentrum untergebracht. Man erreichte den Bau erst, nachdem man durch drei Kontrollen gegangen war. Und zum „Allerheiligsten", wie Hicksted den zentralen Arbeitsraum gleich taufte, mußte man durch eine schwere Tresortür, die von einem Angestellten erst geöffnet werden konnte, wenn er die richtige Zahlenkombination am Schloß eingestellt und zudem zwei unterschiedliche Schlüssel benutzt hatte.
Und dann stand Old Arthur im Electronic-Software-Center. Der Raum war fast quadratisch. Von Wand zu Wand spannte sich an der Decke eine Glaskuppel, die soviel Licht hereinließ, daß auch jetzt, in der Abenddämmerung, noch ohne Lampen gearbeitet werden konnte. An den Wänden reihten sich Elektronenrechner aneinander. Auf modernen, eleganten Schreibtischen, die scheinbar ungeordnet herumstanden, waren sogenannte Terminals aufgebaut – Bildschirmarbeitsplätze mit komplizierten Tastaturen.
Vor einem dieser Schreibtische saß ein Mann mit gewellten grauen Haaren, einem runden, rosigen Gesicht und listigen kleinen Augen. Als er sich umwandte und den Besucher erkannte, sprang er lebhaft auf, breitete die Arme aus und eilte auf Arthur Hicksted zu. „Mann", rief er, „das darf doch nicht wahr sein, Arthur Hicksted, alter Junge, du kommst hier hereingeschneit! Das freut mich ja ungemein."
Er umarmte den ehemaligen Klassenkameraden. „Warum hast du denn nicht telefoniert? Nicht auszudenken, wenn du mich verpaßt hättest!"
„Ich bin ohnehin in Oxford und da dachte ich, schaust du mal bei Antony vorbei", antwortete Old Arthur ein wenig förmlich und steif.

„Ach, so ist das. Ganz beiläufig wolltest du auch mal bei deinem guten alten Kumpel Tony reinschauen, als ob das bloß zum Beiprogramm deiner Reise gehören würde, was?"
„Naja, so dann auch wieder nicht", Arthur Hicksted wirkte verlegen, was ihm nun wirklich nur ganz selten passierte.
„Setz dich, ich hol uns etwas zu trinken!" Antony öffnete einen Schrank und brachte eine Flasche und zwei Gläser und goß ein.
„Arbeitest du immer am Wochenende und dann so lange, bis fast in den Abend hinein?" fragte sein Besucher.
„Junge, wenn du nicht gekommen wärest, hätte ich die Nacht durchgeschuftet."
Bei der Anrede „Junge" hatte Old Arthur ein klein wenig das Gesicht verzogen. Jetzt sagte er: „Das ist aber auch kein Vergnügen, Tony."
„Kommt ganz drauf an. Weißt du, wenn du vor einem Problem stehst, das dich nicht losläßt, wenn du einfach wissen willst, ach was, wissen mußt, wie es funktioniert, dann kannst du doch nicht einfach aufhören, bevor die Lösung in Sicht ist. Das ist wie ein Rauschzustand, vor allem dann, wenn du merkst, du packst es, du kommst dem Kernpunkt näher, die Lösung versperrt sich dir nicht mehr."
„Und was ist zum Beispiel ein solches Problem?"
„Paß auf!" Tony ging mit schnellen Schritten zu einer Tafel und schob sie zur Seite. Darunter kam eine zweite Tafel zum Vorschein, die mit Zeichnungen, Zahlen und Formeln bedeckt war.
Old Arthur starrte die Kreideschrift verständnislos an. „Wir arbeiten an einem Computerprogramm für große Verwaltungseinheiten. Im Augenblick zum Beispiel für das Verteidigungsministerium und zwar stellen wir sogenannte Baukastenprogramme zusammen. Erfaßt sind alle Waffen, die in

England stationiert sind, ihre Reichweiten und ihre Ziele. Und das ändert sich natürlich ständig. Unsere Spezialität ist es nun, ein Programm zu erstellen, in das bei jeder Änderung nur die neuen Daten eingespeichert werden müssen, alle anderen Teile bleiben unverändert und stellen sich sozusagen ganz von selber auf die neuen Daten ein. Du verstehst, was ich meine?"

Old Arthur nickte: „Es war schon immer eine deiner Stärken, komplizierte Sachverhalte so darzustellen, daß man sie auch als Laie versteht."

„Danke, Arthur. Bis vor ein paar Wochen haben wir noch nicht geglaubt, daß es uns gelingen könnte, die Querverbindungen von den neuen Teilen zum althergebrachten Programm reibungslos schalten zu können. Manchmal dachten wir, man müsse eben doch jedesmal, wenn sich etwas ändert, wieder ein komplett neues Programm erstellen. Aber jetzt stehe ich vor dem Durchbruch."

Old Arthur stopfte sich eine Pfeife und sah den alten Schulfreund prüfend an.

„Nicht schlecht, da kann man ja gratulieren." Er setzte den Tabak in Brand. „Dann bist du also so etwas wie ein ganz besonderer Geheimnisträger!"

„Naja, wie man es nimmt. Die Militärs geben uns Spielmaterial statt der genauen Daten, verstehst du? Die sagen uns nicht, da sind zweihundert Panzer, sondern da sind zweihundert Käseschachteln oder so etwas."

„Käseschachteln?"

„Sie sagen natürlich nicht Käseschachteln, aber sie nennens Einheiten, oder Komplexe, oder Systemteile. Aber natürlich kommt man schnell dahinter, ob es um Raketen, Düsenjäger oder Staubsauger geht." Antony Goldman lachte scheppernd.

Schon als Schüler hatte er dieses Lachen gehabt, erinnerte sich Old Arthur.

„Aber jetzt sollen mich die Programme alle mal gern haben, wir gehen zusammen essen und einen geziemenden Tropfen trinken. Dein Besuch muß schließlich gefeiert werden."

Old Arthur nickte und paffte dicke Rauchwolken gegen ein Schild, auf dem in leuchtend roter Farbe „Rauchen verboten" stand.

„Oder hast du etwa schon etwas anderes vor?" fragte Goldman.

„Nein, ich hab viel Zeit mitgebracht."

„Na, siehst du, das wußte ich doch, daß du mich nicht mit einer halben Stunde abspeisen würdest."

Goldman zog seinen weißen Mantel aus und schlüpfte in einen Ledermantel; er öffnete die Tresortür, ließ sie von einem Wächter schließen und hakte Old Arthur unter, während er die Steintreppe zum Ausgang hinaufstieg.

„Das ‚Dorset' in der Northern-Road ist ein wunderbares Speiselokal", sagte er.

In diesem Augenblick kam ein schlanker, groß gewachsener Mann die Treppe herunter. Er lüftete seinen Bowler-Hut und trat höflich zur Seite. Im gleichen Moment wußte Old Arthur, daß er diesen Mann heute schon einmal gesehen hatte – am Piccadilly-Circus neben dem Zeitungsstand.

„John Kimberly", rief er.

„Ach, du erinnerst dich?" fragte Antony Goldman.

„Na hör mal, er war nur drei Klassen unter uns und wir haben zusammen Theater gespielt." Er eilte auf den Mann zu und schüttelte seine Hand. „Wie gehts? Erkennst du mich wieder?"

„Aber sicher. Arthur Hicksted, der immer Schriftsteller werden wollte."

„Leider hat es nur zum Archivar gereicht.“
„Na, immerhin hat dich die Königin dafür geadelt“, erwiderte Kimberly mit leichtem Spott.
„Und was machst du hier?“ fragte Old Arthur möglichst beiläufig.
„Ich arbeite unserem großen Meister Goldman zu.“
Old Arthur sah nachdenklich von einem zum andern.
Goldman lachte scheppernd. „Ich weiß schon, was du denkst, ein ungleiches Paar. Der vornehme Kimberly und der Arbeitersohn Goldman, wie soll das zusammengehen.“
„Na, immerhin hat man dich ja auch geadelt!“ sagte Old Arthur.
„Das macht doch die Familientradition nicht wett. Aber du kannst ganz beruhigt sein. Wir ergänzen uns aufs Trefflichste. Kimberly ist unser Außenminister, ein großer Diplomat. Er besorgt uns das Geld, die Aufträge, die öffentliche Anerkennung. Und ich sitze in meinem Keller, forsche, rackere, erfinde. Und da ich nie etwas anderes gewollt habe, paßt alles zusammen.“
„Und *du* hast auch nie etwas anderes gewollt?“ fragte Old Arthur mit einem spöttischen Lächeln Kimberly.
„Es spielt keine Rolle, was man gewollt hat. Man muß mit der Situation zurechtkommen, in der man ist.“
Mit diesen Worten ging Kimberly die Treppe hinunter und winkte dem Wächter, er solle die Tresortür aufsperren.
Beim Abendessen war Old Arthur nicht so richtig bei der Sache. Immer wieder ging ihm die Begegnung mit Kimberly durch den Kopf. Er hatte ihn am Piccadilly-Circus nur von hinten gesehen. So sicher konnte man da nicht sein, jemanden erkannt zu haben. Vielleicht hatte Kimberly einen Doppelgänger.
Goldman war äußerst gesprächig. Er erzählte von seinen

Auslandsreisen, brüstete sich mit seinem Schloß und seiner Yacht und wiederholte ein ums andere Mal: „Ja, ja, man kann schon sagen: Ich habs zu was gebracht!“
„Aber wie?“ fragte schließlich Old Arthur, „wie bist du zu so viel Geld gekommen, Tony? Damals, als du auf dem College warst, hat es nur alle zwei Jahre für ein neues Paar Schuhe für dich gereicht. Die Hosen mußtest du tragen, bis sie nur noch zu den Waden gingen. Hättest du nicht wegen deiner außerordentlichen Begabung ein Stipendium bekommen, wärst du nie und nimmer auf dieses vornehme College geraten. Dein Studium hast du dir mit Nacht- und Wochenendarbeit verdient...“
„Ja, ja, ja“, unterbrach ihn Goldman, „ich komme aus ärmsten Verhältnissen und jetzt habe ich mehr Geld, als ich ausgeben kann.“
„Aber woher?“ fragte Old Arthur.
Antony Goldman tippte an seine Stirn. „Alles mit meinem eigenen Kopf verdient. Ich kassiere dafür, daß mir etwas einfällt.“
Old Arthur nickte und sagte: „Hoffentlich ist es immer das Richtige.“
„Ja, das hoffe ich auch.“ Antony Goldman lachte schallend, „ich frag mich oft genug selber, obs das Richtige ist.“
Old Arthur sah seinen alten Schulkameraden ein wenig befremdet an, dann entschuldigte er sich für ein paar Minuten, ging zum Telefon und rief den Buchhändler an.
„Na, wie geht es?“ fragte er.
„Prima, die Kinder haben sich in meine Bibliothek zurückgezogen und kramen in meiner Sammlung alter Jugendbücher.“ Old Arthur atmete erleichtert auf. Dann sagte er:
„Ich hätte eine große Bitte: Etwa in einer halben Stunde verlasse ich mit meinem Bekannten das ‚Dorset‘. Könntest

du Mrs. Tilson hierherbringen. Sie soll sich meinen Begleiter unbemerkt anschauen, ob sie ihn erkennt. Mehr kann ich dir im Augenblick leider nicht sagen..."

„Okay, wird gemacht", sagte der Buchhändler knapp und legte auf.

Old Arthur kehrte an seinen Tisch zurück.

„Komm, alter Junge, trink noch einen Schluck mit mir!" rief ihm Goldman entgegen.

Aber Old Arthur winkte ab. „Ich hab ein paar Freunde dabei, junge Leute, die auf mich warten. Und außerdem bin ich ja noch ein paar Tage in Oxford. Wir werden uns bestimmt noch sehen."

„Ganz bestimmt", rief Goldman, „ich muß das ganze Wochenende über schuften. Kommt einfach vorbei, wann immer ihr Lust habt. Ich laß mich zwischendurch gerne ein bißchen von der Arbeit abhalten."

Sie tranken in aller Ruhe aus, plauderten über die alten Zeiten und brachen eine halbe Stunde später auf.

Als sie das Lokal verließen und nebeneinander die Treppe hinuntergingen, sagte Old Arthur: „Irgendwer hat mir erzählt, du hättest einen Sohn."

„Larry, ja, aber der ist inzwischen erwachsen und treibt sich in London herum. Irgendwie kommt er mit mir nicht zurecht. Er wollte genau wie ich Elektronik studieren, aber er ist nur durchschnittlich begabt. Andere Sachen kann er viel besser. So einer wie Larry müßte Kaufmann werden. Naja, er hat die Computerwissenschaft ja dann auch bald an den Nagel gehängt."

„Und was macht er jetzt?"

„Zur Zeit leitet er einen Video-Vertrieb in London."

„Interessant", sagte Old Arthur mehr aus Höflichkeit als aus Überzeugung. Dann blieb er plötzlich stehen.

„Sag mal, ich hab ganz vergessen nach deinem Bruder zu fragen..."
„Francis? Der ist Schulmeister geworden. Er gibt Mathematik und Physik im St.-Mary-College. Im Grunde ist er ja viel begabter als ich, aber er wollte nicht in die Forschung. Jetzt unterrichtet er tags seine Schüler und nachts tüftelt er in seinem Keller an eigenen Computerprogrammen herum. Manchmal, wenn ich gar nicht weiter weiß, gehe ich zu ihm und laß mir helfen." Er lachte wieder sein schepperndes Lachen, „so wie ich mir früher in Französisch, in Literatur und Geschichte von dir helfen ließ."
Goldman sah sich um. „Nach zehn Uhr abends ist diese Stadt wie ausgestorben."
Tatsächlich war die Straße vor dem Lokal völlig menschenleer. Die Straßenlampen brannten nur mit halber Stärke. Ein leichter Nieselregen hatte eingesetzt.
„Wie kommst du denn nach Hause, soll ich dich fahren?" fragte Antony Goldman.
„Nein, nein, ich nehme ein Taxi. Du solltest auch nicht mehr fahren, immerhin hast du eine ganze Menge getrunken."
„Ach was, hier gehen die Polizisten mit den Hühnern ins Bett."
Goldman schlug seinem ehemaligen Schulkameraden kräftig auf die Schulter. „Ich fahre immer!"
Old Arthur schaute sich vorsichtig um. In einer Arkade, nicht weit von Goldmans goldfarbenem Bentley, glaubte er ein paar Menschen zu bemerken. Waren die Kinder etwa mitgekommen?
„Was hast du denn?" fragte Goldman.
„Nichts, gar nichts!"
„Na dann, dort vorne gibts Taxis, soll ich mal durch die Finger pfeifen?"

„Nein“, sagte Old Arthur, „ich gehe die paar Schritte.“ Er kam sich mies vor, weil er den alten Freund belog.
„Na, denn!“ Antony Goldman gab Old Arthur die Hand und ging quer über die Straße auf seinen Wagen zu. Hicksted sah ihm nach. Egal, was Tony auf dem Kerbholz hatte, Old Arthur mochte ihn.
Goldman schloß die Tür auf. Er rief über die Schulter zu Old Arthur „einen Augenblick, mir ist da noch etwas eingefallen.“ Er drehte sich noch einmal um, warf die Tür hinter sich zu. Eine Detonation zerriß die Stille, die Luftdruckwelle warf die Kinder und Kathrin, die ganz in der Nähe standen, gegen eine Hauswand. Old Arthur erholte sich am schnellsten von dem Schock und rannte los. Dort, wo gerade noch der schmucke Bentley gestanden hatte, quoll jetzt schwarzer Rauch aus einem zerbeulten Schrotthaufen. Gut fünf Meter entfernt auf der Asphalt-Decke der Northern-Road lag Goldman, dessen Anzug in Fetzen an ihm hing. Blut sickerte aus seiner Stirn. Er bewegte sich nicht. Old Arthur beugte sich über den Verletzten.
„Um Gottes willen, Goldman – Antony!“ rief er.
Bob, Denise und Billy standen wie angewurzelt auf dem Gehsteig.
„Schnell, sucht ein Telefon. Wir brauchen einen Notarztwagen!“ schrie Old Arthur. Ein panischer Schrecken hatte ihn erfaßt. Nicht auszudenken, was geschah, wenn Goldman starb! Vorsichtig legte er ein Ohr auf Tonys Brust.
Das Herz schlug. Der Verletzte gab ein leises Stöhnen von sich.
Kathrin, die nun zu den beiden trat, sagte sehr sachlich: „Man muß ihn auf die Seite legen, daß er nicht an der eigenen Zunge erstickt. Und lockern Sie ihm die Krawatte und machen Sie die Hemdknöpfe auf.“

Old Arthur befolgte ihre Anweisungen. Ganz entfernt hörte man das Signalhorn eines Krankenwagens.
Old Arthur, der noch immer auf dem nassen Asphalt kniete, hob den Kopf und sah Kathrin Tilson in die Augen. „Nun?“
„Ich habe diesen Mann noch nie in meinem Leben gesehen.“
„Sind Sie ganz sicher?“
„Absolut!“
Der Krankenwagen schien näher zu kommen.
Goldmans Augenlider flatterten. Für den Bruchteil einer Sekunde schaute er Old Arthur ins Gesicht und murmelte: „Was war denn das?“
„Ruhig, ganz ruhig“, sagte Hicksted, „sprich jetzt bitte nicht, Tony, dann wird alles wieder gut.“
Der Krankenwagen bog in die Northern-Road ein und hielt Sekunden später neben dem schwer verletzten Mann.
Kurz darauf kam auch ein Wagen der Feuerwehr. Und schließlich fanden sich zwei uniformierte Polizisten ein. Old Arthur wies sich aus und bat die Beamten, Chiefinspector Holloway zu verständigen. Dann setzte er sich zu seinem Freund, dem Buchhändler, in den Wagen und stopfte sich mit zitternden Fingern eine Pfeife.
„Wo ist eigentlich der Hund?“ fragte er nach einer Weile.
Der Buchhändler lachte. „Deine Sorgen möchte ich haben! Der liegt bei mir zu Hause und paßt auf die Bücher auf.“
„Na, hoffentlich tut er das“, sagte Old Arthur.
„Laß uns fahren.“
Die Kinder und Kathrin drängten sich auf dem Rücksitz zusammen.
Der Buchhändler gab Gas. Auf der ganzen Strecke bis zu ihm nach Hause sprach Old Arthur kein Wort.

4. Überraschung unterm Dach

Holloway kam mit dem Frühzug. Obwohl Sonntag war und er offiziell keinen Dienst hatte, machte er für seine Verhältnisse einen fast fröhlichen Eindruck. Old Arthur, der ihn am Bahnsteig erwartete, begrüßte er: „Herrlich, das Wetter hier. London liegt wieder in einer einzigen Nebelsuppe. Ich sollte mich nach Oxford versetzen lassen."
„Um in Zukunft hauptsächlich Fahrraddiebstähle zu untersuchen", erwiderte Old Arthur. „Ich habe mir sagen lassen, das sei in dieser Stadt das häufigste Delikt."
Sie gingen ein Stück nebeneinander und betraten dann ein Café, um gemeinsam zu frühstücken.
„Kommen wir zur Sache!" sagte schließlich Holloway.
„Tja, das ist schwierig", Old Arthur sah seinen alten Bekannten mit schief gelegtem Kopf an, „ich glaube nämlich, daß Ihre Theorie nicht stimmt."
„So?" Holloway setzte seine Tasse hart ab.
„Ja, Antony Goldman scheint wirklich ein harmloser Forscher zu sein. Auf keinen Fall spricht etwas dafür, daß er ein Agent der Gegenseite ist."
„Und was spricht dagegen?"
„Daß ich ihn seit über dreißig Jahren kenne. Er interessiert sich nur für seine Arbeit."
„Sagt er!"
„Das konnte ich auch mit eigenen Augen sehen!"
Holloway nahm seinen Zwicker von der Nase und begann, die blanken Gläser zu putzen. „Der Schein kann trügen", sagte er.
Old Arthur fixierte den Chiefinspector mit zusammengezogenen Augenbrauen. „Holloway, Sie haben mir nicht alles

gesagt. Sie halten mit irgend etwas hinter dem Busch."
„Schon möglich."
„Und warum?"
„Weil es Dinge gibt, die streng geheim bleiben müssen."
„Und wie soll ich da weiterkommen, wenn ich nur die halbe Wahrheit kenne?"
„Gar nicht, von mir aus. Ich habe Sie nicht beauftragt. Wie immer ermitteln Sie auf eigene Faust und Rechnung, Old Arthur. Machen Sie mir bitte keine Vorhaltungen."
„Dann beantworten Sie mir doch wenigstens eine Frage..."
„Gerne, wenn es meine Geheimhaltungsvorschriften erlauben."
„Gibt es irgendwelche Beweise, die Antony Goldman belasten?"
„Indizien gibt es, Beweise noch nicht."
„Und nun sagen Sie mir auf Ehre und Gewissen, Holloway, sind diese Indizien stichhaltig, oder nicht."
„Tja, ich hatte gehofft, daß *Sie* das herausbringen würden."
„Ich?"
„Ja! Zum Beispiel hätte es ja sein können, daß Goldman identisch ist mit ‚Nummer eins' oder ‚Lindinghouse'!"
„Das ist ganz offensichtlich nicht der Fall", sagte Old Arthur.
„Vorausgesetzt, Mrs. Kathrin Helena Tilson sagt die Wahrheit."
Hicksted starrte den Chiefinspector überrascht an. Auf die Idee, daß Kathrin ihn belogen haben könnte, war er noch nicht gekommen.
„Wissen Sie mehr über Mrs. Tilson?"
„Nun, wir haben natürlich nachgeforscht. Die Dame war nicht immer Haushälterin. In den fünfziger Jahren galt sie an der Universität von Leipzig in der Deutschen Demokrati-

schen Republik – das ist das kommunistische Deutschland…"
„Das weiß ich natürlich auch", fuhr Old Arthur ärgerlich dazwischen.
„Nun gut, an jener Universität also war sie Assistentin eines bekannten Mathematik-Professors, der sich mit Computerprogrammen beschäftigt hat."
„Und wie hieß der?"
„August Lindinger."
„Lindinger? Klingt so ähnlich wie Lindinghouse. Manche Leute, die ihre Namen ändern, geben sich dabei nicht allzu große Mühe."
Holloway schüttelte den Kopf. „Sie spekulieren mal wieder. Wir müssen Steinchen für Steinchen zusammentragen. Phantasievolle Einfälle nutzen uns wenig."
Hicksted rührte in seinem Kaffee. „Wenn ich Sie recht verstehe, glauben Sie, die alte Kathrin Tilson könnte in dem Komplott mit drinstecken."
„Ja, das denke ich allerdings."
„Und Goldman?"
„Da bin ich mir weit weniger sicher."
Old Arthur schlug plötzlich mit der Faust auf den Tisch. „Die Tilson hat mir einen Mann gezeigt, den sie als ‚Nummer zwei' bezeichnete. Ich habe ihn nur von hinten gesehen, aber er kam mir gleich bekannt vor. Gestern bin ich ihm wieder begegnet. In Goldmans Labor. Er heißt Kimberly und ging zu meiner Zeit hier in Oxford aufs College, wenn auch ein paar Klassen tiefer. Wenn nun aber Kathrin mit denen unter einer Decke steckt, kann sie mir ja bewußt den Falschen gezeigt haben."
Holloway nickte und grinste selbstgefällig.
„Da können Sie einmal sehen, wie schwierig und kompli-

ziert der Fall ist. Das einzige, was wir wirklich wissen, ist, daß die Programme aus Goldmans Institut hinter dem eisernen Vorhang bekannt sind und mit großem Erfolg eingesetzt werden."

„Und trotzdem läßt man Goldman weiterarbeiten?"

„Ja, so sind wir Briten. Im Zweifel für den Angeklagten. Bevor seine Schuld nicht bewiesen ist, gilt er als unschuldig. – Aber natürlich haben wir alle erdenklichen Sicherungsmaßnahmen ergriffen. Im Augenblick kann er kein Unheil anrichten."

„Weil er lebensgefährlich verletzt im Krankenhaus liegt, haben Sie ihn etwa..., oder die Geheimdienste?"

„Unsinn. Natürlich haben wir mit dem Anschlag nichts, aber auch überhaupt nichts zu tun. Goldman könnte auch nichts verraten, wenn er putzmunter und gesund wäre. Das heißt: Genau genommen könnte er schon etwas verraten, aber das würde den anderen nichts nutzen, weil er zur Zeit mit lauter falschen Ausgangswerten hantiert."

Old Arthur trank seinen Kaffee aus und stellte die Tasse behutsam zurück. „Warum gehen Sie nicht einfach hin und verhaften ihn? Sie können sein Institut, seine Privaträume, seine Yacht durchsuchen. Wenn er schuldig ist, werden Sie Beweise finden."

Holloway nickte. „...und alle anderen Gauner verjagen. Nein, nein, wir brauchen die ganze Organisation, Mann für Mann. Wir haben genügend Zeit."

„Und wie soll es nun weitergehen?" fragte Arthur Hicksted.

„Für Sie geht es am besten so weiter, daß Sie nach London in den Nebel zurückkehren", antwortete Holloway. „Ich werde wohl noch ein paar Tage hier bleiben."

„Was ist eigentlich mit Ihrem Agenten Nummer 6?" fragte Old Arthur.

Holloway fuhr auf. „Warum fragen Sie das?“
„Nur so, er ist ja schließlich auch an dem Fall dran.“
Holloway ließ sich in seinen Stuhl zurücksinken.
„Ich denke, es geht ihm gut. Vermutlich ist er gar nicht so weit von uns entfernt.“
Unwillkürlich sah sich Old Arthur um, aber sie waren zu der frühen Morgenstunde noch die ersten Gäste in dem kleinen Café.
Holloway lachte. „Na, so nahe ist er auch wieder nicht.“
Sie bezahlten und verließen das Lokal. Vor dem Café trennten sie sich. Holloway verriet nicht, wohin er gehen wollte. Old Arthur hatte sich vorgenommen, Antony Goldman im Krankenhaus zu besuchen.
Überrascht sah er den alten Schulfreund an, als er dessen Krankenzimmer betrat. Goldman saß aufrecht in seinem Bett, hinter dem Rücken gab ihm ein Berg aus Kissen die notwendige Stütze. Er hatte vor sich ein großes kariertes Blatt und einen Taschenrechner.
„Na sowas!“ entfuhr es Old Arthur.
„Moment, Moment, Augenblick noch“, sagte Antony Goldman rasch, „ich habs gleich!“ Seine Finger tanzten über den Rechner, dann holte er einen Stift hinter dem Ohr hervor und kritzelte ein paar Zahlen auf das Papier.
„So“, sagte er dann, „jetzt habe ich Zeit für dich!“
Old Arthur legte die Blumen, die er mitgebracht hatte, achtlos ins Waschbecken und sagte: „Ich hab gedacht, du ringst mit dem Tod, stattdessen ringst du schon wieder mit Formeln und Zahlen.“
„Tja, so schnell bin ich eben doch nicht zu erledigen.“
Old Arthur zog einen Stuhl neben das Bett und nahm Platz.
„Es erübrigt sich offensichtlich, dich zu fragen, wie es dir geht.“

„Naja, ich habe ein paar Fleischwunden, zwei Rippen sind angebrochen, eine mittlere Gehirnerschütterung haben die Ärzte auch noch festgestellt, aber sonst gehts mir prima."
„Das sehe ich!" Old Arthur sah sich aufmerksam in dem Zimmer um.
„Was suchst du denn?" fragte Goldman.
„Ich hab auch mal in so einem Zimmer gelegen, und dann haben sie mir eine Bombe reingeschmuggelt. Da hätte es mich beinahe in dem Moment erwischt, als ich gerade ganz sicher war, überlebt zu haben."
„Du machst mir richtig Hoffnung", sagte Antony. Old Arthur stand auf und ging zum Fenster.
„Vor meinem Fenster war damals auch ein hübscher kleiner Park – genau wie hier. Aber jetzt sag mir mal, wer kann denn ein Interesse daran haben, dich ins Jenseits zu befördern?"
„Was weiß ich? Alle, die neidisch sind. Oder die Länder, die in der Computertechnik hinterher hinken. Wenn ich aus dem Verkehr gezogen bin, stockt das ganze Programm. Das wäre ein ziemlicher Zeitverlust – und das würde mancher anderen Gruppe vielleicht reichen, um zu uns aufzuschließen."
„Aber deshalb bringt man doch nicht gleich einen Menschen um!"
„Ich lebe ja noch!"
„Aber das ist der reine Zufall. Wenn du dich in dein Auto gesetzt und die Tür von innen zugezogen hättest, wärest du jetzt geradezu atomisiert."
Antony Goldman nickte heftig, unterließ es aber gleich wieder, weil das seinem lädierten Kopf offensichtlich nicht bekam.
Einen Augenblick lang überlegte Old Arthur, ob er seine Karten nicht einfach offen auf den Tisch legen sollte. Es war

verlockend, einfach zu sagen: „Da gibt es einen Chiefinspector bei Scotland Yard, der glaubt, daß du all dein Spezialwissen in fremde Länder verkaufst."
Andererseits wußte Arthur Hicksted aus langjähriger Erfahrung, daß man in Kriminalfällen niemals dem ersten Impuls nachgeben durfte. Offenheit war nur selten am Platz.
„Sag mal", Old Arthur hatte sich wieder neben das Bett gesetzt, „kennst du eine Kathrin Helena Tilson?"
Tony musterte Old Arthur interessiert. „Wie kommst du denn darauf?"
„Kennst du sie?"
„Ihren Namen. Sie war einmal Assistentin bei Professor Lindinger in Leipzig – einem ausgezeichneten Mann übrigens. Sie hat in Fachzeitschriften ganz interessante Artikel veröffentlicht."
„Zur Zeit spielt sie die Hauswirtin in einem Vereinsheim."
„Quatsch!"
„Nein, kein Quatsch. Ich habe sie selber dort kennengelernt."
„Seltsam, seltsam!" Antony Goldman schien an dem Schicksal der Frau nicht besonders interessiert zu sein.
Old Arthur wollte dennoch nachhaken, er setzte gerade zu seiner nächsten Frage an, als es an die Tür klopfte, die fast im gleichen Augenblick aufgedrückt wurde.
Obwohl der Mann, der fast schüchtern hereintrat, schmal, fast ausgemergelt aussah, schütteres graues Haar hatte und nervös mit den Augen zwinkerte, war seine Ähnlichkeit mit Antony Goldman doch unverkennbar.
„Francis!" rief Tony erfreut. „Komm rein. Erinnerst du dich an Arthur Hicksted? Er war bei mir auf dem College..."
„Aber natürlich kenne ich ihn. Guten Tag, Mister Hicksted. Ich habe alle Ihre Artikel über Edgar Wallace gelesen. Äu-

ßerst interessant, muß ich sagen.“ Er drehte ein schmales Päckchen in der Hand.

„Wie geht es dir?“ fragte er seinen Bruder.

„Alles halb so schlimm. Ich bin dem Tod nochmal von der Schippe gesprungen.“

„Es hätte aber wesentlich schlimmer ausgehen können“, sagte Old Arthur.

„Hätte! Wäre! – Ich bin Naturwissenschaftler und halte mich an die Tatsachen. Irgendein Neidhammel wollte mich in die ewigen Jagdgründe befördern. Er hat sich verrechnet. Also wird er vielleicht noch einen zweiten Versuch machen. Auch damit rechne ich. Aber ich bin auf der Hut. Die Polizei war heute morgen auch schon da. Man erwartet einen Spitzenmann von Scotland Yard.“

„Ach, das hat man dir gesagt?“ fragte Old Arthur überrascht.

„Ja, warum fragst du?“

„Weil dieser Chiefinspector ein alter Freund von mir ist. Ich habe heute morgen mit ihm gefrühstückt. Er vermutet, daß höchst geheime Dinge hinter dem Anschlag stecken.“

„Ach, Unsinn!“

„Überleg doch mal. Deine Arbeit ist doch nun wirklich strengstens geheim. Das merkt man ja schon, wenn man durch diese komische Tresortür muß. Es liegt doch auf der Hand, daß feindliche Mächte sich dafür interessieren.“

„Ja, und?“

„Sag mal, bist du so begriffsstutzig, oder tust du nur so?“ Goldman schlug mit beiden Händen flach auf die Bettdecke. „Ich will forschen, in Ruhe und möglichst auch noch mit Vergnügen. Das gibt es nämlich! Und alles andere kann mir gestohlen bleiben.“

Er trägt seine Arglosigkeit ein bißchen zu offen zur Schau,

dachte Old Arthur. So weltfremd ist er bestimmt nicht. Er muß wissen, was auf dem Spiel steht und in welcher Gefahr er schwebt. Also spielt er jetzt Theater.

„Ich finde, daß du das alles zu leicht nimmst", meldete sich jetzt Tonys Bruder Francis, „das Programm CX 824 ist so genial, daß sein Wert kaum in Geld zu messen ist."

Old Arthur sah Francis überrascht an.

„Sie sind darüber informiert?"

„In groben Zügen, ja!"

„Bekommst du denn da keine Schwierigkeiten?" fragte Hicksted seinen Freund Antony Goldman.

„Weiß nicht. Francis hat mir bei ein paar besonders kniffligen Punkten weitergeholfen, da mußte ich ihn natürlich einweihen. Wir haben ihm dafür sogar ganz offiziell ein Honorar bezahlt."

„Da würde ich aber nicht drüber reden", Old Arthur schüttelte verständnislos den Kopf. „Wie leicht hätten es feindliche Mächte, wenn sie wüßten, daß Francis eingeweiht ist."

Der schmale Lehrer lächelte verlegen und knetete die Hände nervös ineinander. „Mir passiert schon nichts. Wer vermutet wohl hinter einem harmlosen Schulmeister einen Geheimnisträger?" Er kicherte ein wenig.

„Naja, wenn ihr es offen ausplaudert, braucht ja niemand mehr etwas zu vermuten."

„Wer leitet denn jetzt das Programm?" fragte Francis seinen Bruder.

„Kimberly, nehme ich an."

„Da hätte man aber den Bock zum Gärtner gemacht."

„Warum?" wollte Old Arthur wissen.

„Als Wissenschaftler ist er eine Niete", antwortete Antony Goldman, „du kannst ihn überall einsetzen, wo er eine gute Figur machen muß, aber als Computertechniker kann man

ihn nicht gebrauchen. Ich muß zusehen, daß ich möglichst bald hier herauskomme, sonst verhunzt er mir womöglich meine ganze Arbeit."
„Ein paar Wochen wird das schon dauern", meinte Arthur Hicksted.
„Unsinn", fuhr Goldman auf, „ein paar Tage höchstens, ich fühle mich ja jetzt schon wieder fast gesund."

Billy, Bob und Denise spielten um die gleiche Zeit im Garten des Buchhändlers mit Cäsar. Der Hund tobte bis zur Erschöpfung mit ihnen herum, Kathrin saß auf der verglasten Loggia und sah dem Spiel zu. Neben ihr hatte sich der Buchhändler niedergelassen. Er war um die sechzig Jahre alt, ein ruhiger Mann mit abgemessenen, fast langsamen Bewegungen. Sein Haar war schütter und spielte zwischen grau und schwarz hin und her. Sein Gesicht glich ein wenig dem eines Vogels, es war schmal und von einer ausgeprägten Hakennase und einem vorspringenden Kinn bestimmt. „Es ist schön, am Sonntagmorgen mal nicht alleine hier draußen zu sein", sagte er und blinzelte genüßlich in die Sonne. „Meistens genieße ich ja mein Alleinsein, aber manchmal macht es mich auch ganz unglücklich."
„Das kenne ich", sagte Kathrin schlicht. Ihr Gesicht wirkte seltsam angespannt.
„Sie bedrückt irgend etwas", sagte der Buchhändler.
„Ja", gab sie zu, „wissen Sie, Mister Quory, nach dem Bombenanschlag gestern abend habe ich kein Auge zugetan. Mein Enkel Archibald ist irgendwie in diese unselige Geschichte verwickelt, und ich komme nicht dahinter, wie."
„Diesmal scheint Old Arthur ohnehin eine besonders gefährliche Geschichte am Wickel zu haben", sagte Quory.
Plötzlich unterbrach der Hund sein Spiel und baute sich am

Gartentor auf. Tief aus seiner Kehle kam ein bedrohliches Knurren.
„Was hat er denn?“ fragte der Buchhändler.
Im gleichen Augenblick schellte die Hausglocke. Am Gartentor erschien ein hochgewachsener Mann.
„Nummer zwei!“ entfuhr es Kathrin.
„Ach, da ist ja Mister Kimberly“, rief der Buchhändler erfreut. „Er besucht mich manchmal am Sonntag. Wir beide sammeln nämlich alte Münzen.“
Quory sprang auf und eilte zum Gartentor. Kathrin pfiff ihrem Hund, der widerstrebend auf sie zugetrottet kam und immer wieder den Kopf nach Kimberly umwandte.
Der Buchhändler begrüßte den Besucher am Tor. Kathrin beobachtete die beiden aufmerksam. Offensichtlich wollte der Hausherr den Gast hereinbitten, aber der schüttelte den Kopf. Er schob Quory ein Kuvert zu und verabschiedete sich überstürzt.
Quory kam nachdenklich zurück. Das Kuvert hatte er in die Innentasche seiner Hausjacke gesteckt.
Kathrin gab sich uninteressiert. Sie hatte die Sonntagszeitung aufgeschlagen und las darin. Quory setzte sich wieder an den Tisch. „Er war etwas in Eile“, sagte er.
„Ein Kollege von Ihnen?“ fragte Kathrin beiläufig. Sie faltete die Zeitung zusammen und legte sie auf den Tisch.
„Nein, er arbeitet im Computer-Forschungs-Zentrum. Old Arthur muß ihn kennen. Wir haben früher einmal alle die gleiche Schulbank gedrückt: Old Arthur und Goldman waren in einer Klasse, ich war eine drüber und Kimberly zwei oder drei drunter. Wir haben ein paar Jahre lang gemeinsam Theater gespielt und eine Schülerzeitung gemacht. Kimberly und Goldman sind nie so richtig miteinander ausgekommen, aber sie haben sich immer – wie soll ich sagen – re-

spektiert. Goldman ist ein so überlegener Kopf, daß man ihn einfach anerkennen muß."
Kathrin Tilson hob die Schultern, „ich kenne ihn nicht."
„Das beruht aber nicht auf Gegenseitigkeit!" sagte Old Arthur ziemlich scharf, der unbemerkt hinter die beiden getreten war.
„Wie bitte?" Kathrin war bleich geworden.
„Wo kommst du denn her?" fragte Quory überrascht.
„Durch die Haustür, du hast mir doch einen Schlüssel gegeben."
„Ach ja, stimmt ja. Und was meintest du damit, als du sagtest, das beruhe nicht auf Gegenseitigkeit?"
„Nun, Tony Goldman hat immerhin die Fachartikel von Mrs. Tilson gelesen, die sie als Assistentin des berühmten Computerfachmanns Lindinger in Leipzig geschrieben hat."
Kathrin war noch eine Spur bleicher geworden, aber sie schwieg verbissen. Quory sah besorgt von einem zum andern, so als ob er Angst hätte, es käme gleich zu einem Streit und die sonntägliche Ruhe wäre dahin.
„Sie sagen ja gar nichts", sagte er nach einer Weile zu Kathrin.
„Was soll ich sagen? Mister Hicksted hat offensichtlich in meiner Vergangenheit gekramt und etwas herausgefunden. Ich bedaure das, weil es ihn leicht zu falschen Schlüssen führen kann."
„Ich hätte es vorgezogen, wenn Sie ehrlich zu mir gewesen wären", sagte Old Arthur steif. Zwischen seinen Augenbrauen zeichnete sich eine steile Falte ab. Cäsar, der schwanzwedelnd vor ihm saß und mit großen Augen zu ihm aufsah, beachtete er gar nicht.
„Es gab keinen Grund, Ihnen meinen Lebenslauf zu erzählen", antwortete Kathrin.

„Das Problem ist jetzt, daß ich mich auf Ihre Aussage von gestern abend nicht mehr verlassen kann“, gab Old Arthur ärgerlich zurück.
„Welche Aussage?“
„Daß Sie Goldman nicht erkannt haben.“
„Ich habe ihn nicht erkannt. Diesen Mann habe ich wirklich zum ersten Mal in meinem Leben gesehen.“
„Larry ist sein Sohn, das hat mir der alte Goldman bestätigt.“
„Kennen *Sie* die Väter all ihrer Bekannten?“
„Nein.“
„Na, also!“
„Larry ist also stets alleine bei Ihnen aufgetaucht?“
„Ja.“
„Und Sie bleiben dabei, daß er nichts mit den geheimnisvollen Drei zu tun hat.“
„Ich habe gesagt, er ist keiner von ihnen, aber natürlich hat er mit ihnen zu tun. Offensichtlich arbeitet er für die Drei, wenn auch in einem anderen Bereich als Archie.“
Quory hatte, wie es schien, mit zunehmendem Interesse zugehört. Jetzt sagte er: „Das klingt ja alles schrecklich geheimnisvoll, Arthur. Was sind das für Drei?“
„Wenn ich es dir erzähle, wirst du es nicht glauben“, antwortete Hicksted obenhin.
Kathrin sah ihn bedeutungsvoll an und sagte: „Soeben war ein gewisser Mister Kimberly da.“
Old Arthur hob überrascht den Kopf.
„Kimberly?“ fragte er, überspielte dann aber sein Erstaunen schnell: „Der alte Kimberly, der mit uns Theater gespielt hat, Quory?“
„Genau der. Er besucht mich oft am Sonntag. So wie ich lebt er auch alleine und da ziehen sich die Wochenenden

manchmal unerträglich lange hin. Wir sammeln beide alte Münzen."
„Schade, daß er nicht länger geblieben ist", sagte Old Arthur, „ich hätte ihn gerne gesehen."
„Er hat nur rasch guten Tag gesagt", Quory stand auf, „ich werde noch einen Tee aufbrühen."
„Ausgezeichnete Idee", sagte Old Arthur und setzte sich neben Mrs. Tilson. Als der Hausherr die Loggia verlassen hatte, sagte Kathrin rasch: „Kimberly hat ihm heimlich ein Kuvert zugesteckt."
In diesem Augenblick kam Billy auf die Loggia. Old Arthur sagte schnell: „Kannst du dich mal ein bißchen im Haus umsehen, William?"
„Aber sicher", sagte der Junge, „und wonach soll ich suchen?"
„Nach nichts Bestimmtem. Und bitte sei vorsichtig. Keine Wagnisse, wenn ich bitten darf."
„Haben Sie sich das auch gut überlegt?" fragte Kathrin.
„Billy ist fast schon ein Profi", sagte Old Arthur stolz, „er hat schon ganz andere Sachen gemacht."
„Trotzdem!" Kathrin unterbrach sich, weil Quory zurückkam.
„Der Tee wird gleich soweit sein", sagte er.
„Also gut", nahm Kathrin das Wort, während sich Billy trollte, „ich bin von Hause aus Mathematikerin und Physikerin. Ich habe vier Jahre lang in Leipzig gearbeitet, bin dann aber nach England zurückgekehrt und habe einen anderen Aufgabenbereich übernommen."
„Und welchen?" fragte Quory.
„Das kann ich Ihnen leider nicht sagen."
„Als Haushälterin in einem nicht existierenden Bogenschützenverein", sagte Old Arthur süffisant.

„Das war erst viel später. Manchmal klappt es eben im Leben nicht so, wie man es gerne hätte. Es war noch nie meine Sache, die Hände in den Schoß zu legen. Ich wäre auch als Putzfrau gegangen, nachdem ich meinen früheren Beruf hatte aufgeben müssen."
Quory fragte: „Was war das mit dem Bogenschützenverein? Ich habe früher auch ganz gut geschossen."
„Ja richtig, stimmt ja!" rief Old Arthur, „du und Antony habt euch immer um den ersten Platz gerauft."
„Gerauft, wie das klingt! Wir haben sportlich fair gekämpft und mal hat der eine gewonnen, mal der andere."
Old Arthur lachte. „Nur Kimberly und ich – wir haben nie gewonnen."
„Ihr wart ja auch zu faul, um regelmäßig zu trainieren."
Beide lachten.

Billy und Bob, die durch das Haus streiften, während Denise weiter mit Cäsar herumtollte, hörten das Lachen wie aus weiter Ferne.
„Und du hast wirklich keine Ahnung, was wir suchen sollen?" fragte Bob.
„Wie oft soll ich das denn noch wiederholen", sagte Billy ärgerlich.
„Mister Quory hat ganz bestimmt nichts mit dem Fall zu tun", meinte Bob.
„Das behauptet ja auch niemand!" Billy ging Bobs ständiges Gerede auf die Nerven.
Sie waren vom Erdgeschoß in den ersten Stock hinaufgestiegen. Das Haus war nicht besonders groß, aber voller versteckter Winkel und Ecken. Das Treppenhaus war eng. Vom ersten Stock führte es weiter hinauf ins Dachgeschoß, wo sich vier kleine Kammern befanden. Alle Türen waren

unverschlossen. In den Kammern stapelten sich Bücher in unordentlichen Haufen. Selbst Stühle, Tische und Sofas waren mit den Bänden beladen.

„Das müssen ja tausende sein“, sagte Bob. „Das kann doch kein Mensch lesen.“

Billy antwortete nicht, denn in diesem Augenblick hatte er in der Decke der Giebelkammer eine eingelassene Bodentür entdeckt. Er sah sich nach einer Leiter um, konnte aber nirgends eine entdecken. Bob war mit seinen Augen den Blicken des Freundes gefolgt. Jetzt nickte er und deutete auf seine Schultern. Das hatten sie schon oft so gemacht: Billy war auf Bobs Schultern gestiegen, um etwa eine Mauer zu überklettern.

Die Kammer war nicht sehr hoch. Billy konnte die Tür erreichen, aber nicht aufstoßen. Vorsichtig zog Bob einen Stuhl heran, nahm die Bücher herunter und stieg mitsamt Billy, der jetzt auf den Schultern des Freundes saß, hinauf. Vorsichtig stemmte sich Billy nach oben, so daß er auf Bobs Schultern zu stehen kam. Jetzt ließ sich die Tür hochdrükken. Sie rastete ein und blieb steil aufgestellt stehen. Billy konnte sich hinaufziehen. Es war dunkel auf dem niedrigen Dachboden. Aber als sich die Augen des Jungen an die veränderten Lichtverhältnisse gewöhnt hatten, stieß er einen leisen Pfiff aus.

„Mein lieber Mann“, rief er gedämpft, „eine solche Funkanlage hab ich ja noch nie gesehen!“

„Was ist?“ fragte Bob unten.

Billy schob seinen Kopf über den Rand der Türöffnung. „Da ist eine komplette Sendeanlage. Die Antenne hängt unter den Dachbalken. Ich möcht nicht wissen, was die für eine Reichweite hat.“

„Natürlich möchtest du das wissen“, rief Bob.

Bevor Billy etwas darauf sagen konnte, hörten sie Schritte auf der Treppe. Billy sah sich gehetzt um. Bob war blitzschnell von dem Stuhl gestiegen und hatte begonnen, wieder Bücher darauf zu schichten. Billy überlegte. Er schaffte es nicht mehr hinabzusteigen und die Falltür richtig zu schließen. Was sollte er tun? Ohne viel zu überlegen, drückte er die Tür in den Rahmen am Boden zurück. Sekunden später hörte er unter sich gedämpft die Stimme von Mister Quory und Bob.

„Was treibst du denn hier oben?"

„Ich wollte mich mal ein bißchen umsehen. Und da hab ich all die Bücher da entdeckt."

„So, so, reichen euch die Bücher nicht, die ich euch gestern gegeben habe?"

„Ich war halt neugierig."

„Und wo ist dein Freund William?"

„Ich weiß nicht, er ist vorhin wieder hinuntergegangen."

„Also, mein Junge, hör mal gut zu", sagte Quory, „ihr seid hier meine Gäste, aber das heißt nicht, daß euch das ganze Haus offen steht. Hier oben möchte ich euch nicht sehen, verstanden?!"

„Klar. Tut mir leid, Mister Quory, wenn ich gewußt hätte..."

„Gut, gut, und jetzt geh hinunter zu Old Arthur. Es gibt frischen Tee. Ich muß hier noch ein bißchen was erledigen."

Bob zögerte. Was war mit Billy? Der saß oben in der Falle! Nervös biß sich der Junge auf die Unterlippe.

„Ist noch was?" fragte Quory mißtrauisch.

„Nein, nein, ich geh schon." Er ging zur Tür. „Und bitte, entschuldigen Sie, das war ziemlich blöd von mir..."

„Ach was, neugierig ist jeder in deinem Alter. Wenn da einer nicht neugierig ist, stimmt etwas nicht mit ihm", rief

Quory freundlich. „Ich habs schon vergessen. Aber halte dich dran, ja, der Oberstock ist gesperrt!"
„Klar!" Bob stieg langsam die Treppe hinunter, schlich aber Augenblicke später die Stufen wieder hinauf.
Quory hatte einen Schrank geöffnet und eine leichte Aluminiumleiter herausgenommen, die sich auseinanderziehen ließ. Er stellte sie unter die Luke und stieg hinauf.

Billy hatte das Gespräch zwischen Quory und Bob mit angehaltenem Atem belauscht. Als es zu Ende war, suchte er nach einem Versteck. Der Dachboden dehnte sich über die ganze Grundfläche des Hauses aus, aber die Dachbalken waren so schräg, daß man nur in der Mitte, unter dem First, aufrecht stehen konnte. Links und rechts reihten sich Truhen und Kisten aneinander, hinter denen schmale Hohlräume sein mußten. Allerdings standen sie so dicht nebeneinander, daß es keinen Durchschlupf gab. Billy versuchte eine der Truhen nach vorne zu zerren, aber sie war zu schwer. Und dann erstarrte ihm das Blut in den Adern. Einen Moment lang schüttelte er den Kopf und dachte, er leide unter Wahnvorstellungen, aber dann hörte er es wieder: Da stöhnte ein Mensch! Es klang kläglich und gedämpft. Und es kam aus der Truhe, die Billy versucht hatte, zu bewegen. Rasch ließ er den Griff los. Kalter Schweiß stand auf seiner Stirn. Sein Atem ging kurz und flach. Die nächste Truhe ließ sich leichter bewegen. Er zog sie so weit vor, daß er sich durch den entstandenen Spalt hindurchzwängen konnte. Dahinter war es staubig. Ein unerträglicher Hustenreiz überkam Billy. Er kniete sich hin und versuchte, die Kiste in die alte Lage zurückzubringen.
Im gleichen Augenblick flammte ein helles Licht auf.
Billy machte sich ganz klein.

Die Falltür fiel zu. Er hörte Schritte. Dann wieder das Stöhnen. Quory sagte leise: „Ja, ja, du kommst auch noch dran, aber jetzt erst mal der Funkspruch.“
Billy hörte, wie ein paar Kippschalter betätigt wurden, dann ein langanhaltendes Piepen, das in kurze, abgehackte Töne überging. Quory schimpfte leise vor sich hin. Papier knisterte. Dann plötzlich waren die Pieptöne verstummt und Billy hörte deutlich Quorys Stimme:
„XK 44, hier XK 44, Troja bitte melden, Troja bitte melden.“
„Hier Troja“, antwortete eine verzerrte Stimme, „hier Troja!“
Quory sprach jetzt, jede Silbe betonend: „Anschlag auf Goldman nur Teilerfolg. Zielperson schwer verletzt. Nummer zwei teilt mit: Plan Contra Falke wird heute kopiert und soll morgen per Kurier nach Kiel. Situation bedrohlich, weil Scotland-Yard-Holloway vor Ort. Außerdem Hicksted. Erbitte Anweisung.“
Es verging eine fast endlose Pause, während der Billy nur das nervöse Trommelspiel von Quorys Fingern auf der Tischplatte vernahm. Endlich meldete sich die Stimme aus dem Funkgerät wieder: „Plan Contra Falke unbedingt übermitteln. Dringlichkeitsstufe eins. Dann absolute Zurückhaltung. Keine Aktionen mehr. Nummer zwei übernimmt selber Kurierdienst.“
„Verstanden“, sagte Quory, wobei er hörbar aufatmete.
„Honorar auf dem üblichen Weg“, sagte die Stimme aus dem Empfänger. „20000 bei Lieferung von Plan Contra Falke.“
„Verstanden“, wiederholte Quory und schaltete das Gerät ab. „Na, Gott sei Dank“, hörte Billy ihn sagen.
Da war wieder das leise Stöhnen zu hören. Schritte näherten

sich Billys Versteck. Er hielt den Atem an, was den Hustenreiz nur noch verstärkte. Der Deckel der Truhe neben jener, hinter der sich der Junge versteckte, wurde geöffnet und schlug gegen die Dachsparren. Staub rieselte auf Billy herab.
„Na, Archie“, sagte Quory, „nicht besonders bequem die Lage. Ich hab was zu essen mitgebracht.“
Wieder dieses dumpfe Stöhnen.
„Ja, ja, ich mach das Klebeband ab“, sagte Quory, „glaubst du etwa mir gefällt es, daß wir dich hier gefangen halten müssen, aber ungewöhnliche Umstände erfordern ungewöhnliche Maßnahmen.“
Jetzt konnte der Gefangene offensichtlich sprechen. „Ich will hier raus, was hab ich denn verbrochen?“
„Das wird dir Nummer eins zur rechten Zeit schon sagen. Ich weiß es auch nicht.“
„Nummer eins!“ stieß Archie hervor, „den gibts doch gar nicht. Der ist eine Erfindung von euch, ein Phantom.“
Quory lachte leise mit seiner angenehm melodischen Stimme. „Das braucht uns nicht zu kümmern. Hier iß! Ich muß gleich wieder runter und vorher muß ich dich einschließen.“
„Sind Sie alleine?“ fragte Archie.
„Billys Herzschlag setzte einen Augenblick aus. Wenn Archie jetzt ein Gespräch begann und sagte, daß jemand an der Truhe geruckt hatte, war womöglich alles aus.
„Ich habe unten Gäste“, sagte Quory unbestimmt.
„Darf man fragen, wen?“
„Nein, das darf man nicht.“
„Auch gut“, sagte Archie mit vollem Mund. Den Appetit schien es ihm in seinem engen Gefängnis nicht verschlagen zu haben. „Ihr macht einen großen Fehler“, sagte er zwischen zwei Bissen. „Ich gehöre zu euch und zu niemandem sonst.“

„Ist ja schon gut“, sagte Quory ohne besonderes Interesse. „Wir haben dich ja auch nur vorübergehend aus dem Verkehr gezogen, bis alles erledigt ist und die Spuren verwischt sind. Keiner will dir ernstlich ans Leder, aber wir trauen dir auch nicht. Irgendwann kommt immer der Punkt, da kämpft jeder für sich allein.“

„Sie reden genauso geschwollen daher wie dieser Hicksted.“

„Wie kommen Sie auf Hicksted?“ fragte Quory scharf.

„Na eben, weil der genauso redet wie Sie!“

„Ich kenn ihn gut. Wir sind schon zusammen im College gewesen. Hicksted ist ein hochintelligenter Mann, wenn das vielleicht auch so einer wie Sie nicht ohne weiteres begreift.“

„Dazu sag ich nichts, solange ich hier sozusagen im Knast sitze“, erwiderte Archie. „Aber ich werd mich dann wieder melden, wenn ich frei bin.“

„Okay, okay, ich schließe Sie jetzt wieder ein. Morgen, denke ich, sind Sie wieder auf freiem Fuß, oder...“

„Oder was?“ Archies Stimme klang plötzlich alarmiert.

„Oder tot!“ sagte Mister Quory mit einem leisen Lachen, das Billy einen kalten Schauer über den Rücken jagte. Dann wurde der Deckel der Truhe zugeschlagen. Billy hörte, wie sich ein Schlüssel im Schloß drehte. Die Schritte Quorys entfernten sich. Das Licht verlosch. Quory verließ den geheimnisvollen Dachraum und kehrte in die unteren Etagen zurück.

5. Überfall im Hotel

Billy wartete eine Weile. Dann begann er bis hundert zu zählen; erst danach wollte er aus seinem Versteck herauskommen. Zwei Mal verzählte er sich. Schließlich gab er es auf, schob mit der Schulter die Kiste, hinter der er sich versteckt hatte, zur Seite und krabbelte hervor. Behutsam schob er die Kiste an ihren alten Platz zurück. Dann ließ er erst einmal dem unterdrückten Hustenreiz freien Lauf.
Als er wieder Luft bekam, hörte er ein leises Klopfen. Was sollte er tun? Archie befreien? Das würde ja nur ihn selbst verraten. Er überlegte eine Weile, kniete sich neben die Truhe und rief leise: „Ich kann jetzt nichts machen, aber ich sage Mister Hicksted Bescheid!“ Die Fäuste des Mannes in der Truhe trommelten gegen den Deckel. Billy rannte fluchtartig davon. Er wollte sich gerade zu der Falltür hinunterbeugen, als sie sich ganz sachte hob. Der Junge erstarrte. Aber gleich darauf atmete er erleichtert auf. In dem schmalen Spalt erschien Bobs rundes Gesicht. „Hat er dich nicht entdeckt?“ fragte er.
Billy verkniff es sich, zu sagen, das sei eine ausgesprochen dumme Frage, sondern antwortete: „Schnell, mach auf, ich muß hier raus.“
Sekunden später stand er unten in der Bücherkammer, und Bob klopfte Staub und Spinnweben von Billys Kleidern. „Ich muß sofort mit Old Arthur reden“, sagte Billy, „die haben dort oben Archie eingesperrt.“
Vorsichtig schlichen die beiden Jungen hinunter ins Erdgeschoß und durch eine Seitentür in den Garten. Billy versuchte Cäsar mit einem Schnalzer zu sich zu locken, aber der Hund lag völlig erschöpft auf der Seite und streckte die

Beine weit von sich. Denise kauerte neben ihm im Gras und döste.
Wie von ungefähr trödelten die beiden Jungen daher. Old Arthur, Kathrin und Quory saßen noch immer in der Loggia und unterhielten sich angeregt. Billys Onkel gab mit keinem Zeichen zu erkennen, ob er das Auftauchen seines Neffen bemerkt hatte. Qualvolle Minuten verstrichen. Immer wieder versuchte Billy, Old Arthur auf sich aufmerksam zu machen, aber der redete auf Quory und Kathrin ein, erzählte des langen und breiten von seiner Arbeit im Edgar-Wallace-Archiv und hatte in den beiden anderen offensichtlich sehr aufmerksame Zuhörer. Erst nach einer halben Stunde stand er auf, reckte und streckte sich, zog eine seiner teuren Pfeifen aus der Tasche, stopfte sie umständlich und kam dabei über die breite Holztreppe herab, die den Garten mit der Loggia verband.
„Na, euch ist es wohl langweilig?“ sagte er laut und ging neben den drei Kindern, die im Gras lagen, in die Hocke. Mit spitzen Fingern zupfte Old Arthur ein Stück Spinnwebe, das Bob übersehen hatte, von Billys Hemdkragen.
Billy sagte schnell: „Auf dem Dachboden ist ein starker Sender. Er hat eine Nachricht durchgegeben. Und Archie ist da versteckt. In einer Truhe.“
Leise antwortete Old Arthur: „Tolle Leistung, mein Junge!“ Laut rief er: „Ich habe in meinem ganzen Leben noch nie Fußball gespielt, da werde ich es jetzt auch nicht mehr anfangen!“
Bob rief: „Schade, ich hätt das so toll gefunden!“
Quory und Kathrin lachten.
„Vielleicht sollten wir uns ein bißchen die Stadt anschauen“, sagte Old Arthur, „die alte Bibliothek ist ganz interessant, oder wir könnten auf den Turm der Kirche St. Elisabeth

steigen, von dort aus hat man einen tollen Überblick über die Stadt."
Die Kinder stimmten sofort zu.
„Haben Sie Lust, mitzukommen, Kathrin?" fragte Old Arthur.
„Ja, warum nicht?"
Quory schien erleichtert zu sein. Er redete ihnen gut zu, gab ihnen noch eine Menge Tips für andere Sehenswürdigkeiten und begleitete sie zum Auto. Cäsar wich nicht von Kathrins Seite und setzte so durch, daß er ebenfalls mitgenommen werden mußte.
Old Arthur steuerte seinen Wagen in langsamer Fahrt Richtung Innenstadt. Die Wunde an seiner Schulter schmerzte noch immer, so daß er jede heftige Bewegung vermied. Auf der Fahrt wurde nichts über Billys Entdeckung gesprochen. Old Arthur hielt vor einem kleinen Hotel.
„Ich dachte, wir fahren in die Innenstadt", sagte Kathrin.
„Alles zu seiner Zeit. Hier im Hotel wohnt ein alter Freund von mir", sagte Old Arthur, „wir wollen ihm kurz einen kleinen Besuch machen. Kathrin und Denise können ja solange mit Cäsar drüben im Park spazierengehen."
Um den Mund von Kathrin Tilson spielte ein geheimnisvolles Lächeln, als sie sagte: „Diesen Freund wollen Sie mir wohl vorenthalten, Sir Arthur?"
„Ganz recht", sagte Hicksted und begleitete seine Worte ebenfalls mit einem hintergründigen Lächeln.

Holloway sprang sofort auf, als Billy, Bob und Old Arthur die kleine Hotelhalle betraten. Der Chiefinspector hatte in einem bequemen Ohrenbackensessel gesessen und Zeitung gelesen. „Ich denke, ihr seid abgereist."
„Zum Glück nicht", sagte Old Arthur.

„Na, ob das ein Glück ist…"
„Für Sie bestimmt! Billy ist nämlich hinter ein Geheimnis der Spionagebande gekommen."
„Ach!" Holloway sah den Jungen überrascht an. „Schon im Fall ‚Queen's Dance' hat der junge Mann erstaunliche kriminalistische Fähigkeiten entwickelt… Na, dann berichte mal, Sherlock Holmes junior!"
Billy gab einen genauen Bericht seiner Erlebnisse auf dem Dachboden. Sogar den Funkspruch konnte er noch wortwörtlich wiederholen. Holloways Gesicht wurde dabei zunehmend ernster. Er begann in seiner kleinen, gestochen schönen Schrift Notizen in ein Ringbuch zu machen und knallte schließlich den Stift aufs Papier. „Das ist ja nun wirklich toll!" rief er, „dieser Junge kriegt ganz zufällig mehr heraus als die besten Agenten von Scotland Yard in langjährigen schwierigen Recherchen. Da könnte man doch am eigenen Beruf verzweifeln."
Old Arthur ging nicht darauf ein, er deutete mit dem Daumen über die Schulter zu dem kleinen Park, der dem Hotel gegenüber lag.
„Dort draußen spaziert Kathrin Helena Tilson. Ich denke, es wäre an der Zeit, sie einmal zu verhören. Immerhin hat sie nicht nur Nummer zwei gesehen, sondern auch Nummer eins und Nummer drei."
Holloway hob abwehrend beide Hände. „Alles zu seiner Zeit! Einer der beiden dürfte Ihr Freund Quory sein. Wie ich mich ja überhaupt wundere, daß die ganze Bande von Hochverrätern ganz offensichtlich ein gemeinsames Merkmal hat – die Freundschaft zu Sir Arthur Hicksted aus London."
„Also, das ist doch die Höhe!" empörte sich Old Arthur. „Demnächst behaupten Sie noch, *ich* sei Nummer eins."

„Sind Sie es, oder sind Sie es nicht?“ fragte der Chiefinspector mit gespieltem Ernst.
„Ich bitte Sie, unterlassen Sie das doch!“ Old Arthur schien tatsächlich gekränkt zu sein. „Sagen Sie mir lieber, was Sie mit Archie und seiner Großmutter machen wollen. Und vielleicht teilen Sie uns auch mit, auf welche Weise Sie den Kurier daran hindern werden, seinen Plan Contra Falke – was immer das auch sein mag…“
„Was das ist, kann ich Ihnen vermutlich erklären“, unterbrach Holloway schnell. „‚Falke‘ ist das Kennwort für einen Angriffsplan der Ostblockstaaten gegen Mitteleuropa. Der ‚Plan Contra Falke‘ ist unser Verteidigungsplan gegen diesen möglichen Angriff. Ihr könnt euch ja vielleicht denken, was es bedeutet, wenn die Gegenseite alle Maßnahmen kennt, die unsere militärische Führung gegen einen eventuellen Angriff einsetzen will.“
Einen Augenblick lang herrschte Schweigen in dem kleinen Hotel-Foyer. Old Arthur und seinen Freunden wurde mit einem Schlag bewußt, welche Tragweite der Fall hatte, in den sie da ihre Nasen hineinsteckten.
„Ich muß sofort Kontakt mit Agent Nummer 6 aufnehmen“, sagte Holloway ungewöhnlich ernst. „Auf keinen Fall darf der Kurier England verlassen, ohne daß sich einer von unseren Leuten an seine Fersen heftet.“
„Können wir noch irgend etwas für Sie tun?“ fragte Old Arthur.
„Danke, im Augenblick nicht. Ich muß zusehen, daß ich Agent Nummer 6 finde. Und dann brauche ich Verstärkung aus London. Wenn es euch gelingt, diesen Archie zu befreien, ohne daß ein Verdacht auf euch fällt – das wäre nicht schlecht. Ich könnte dann zwei Mann abstellen, die ihn beschatten und – wenn es sein muß – auch beschützen.“

Old Arthur sagte: „Vielleicht läßt sich das machen."
„Aber nicht vor einundzwanzig Uhr heute abend", sagte Holloway schnell.
„Tja, da wollte ich eigentlich schon wieder in London sein. Schließlich müssen Denise, Bob und Billy morgen wieder in die Schule."
„Es gibt hervorragende Zugverbindungen nach London", sagte Holloway bissig, „und ich nehme an, daß so clevere junge Leute, die sogar schnellere Aufklärungsarbeit leisten als meine besten Agenten, in der Lage sind, mit einem Zug zu reisen, oder?"
Old Arthur breitete die Arme aus. „Wo Sie recht haben, Holloway, da haben Sie recht!" Er schüttelte dem Chiefinspector die Hand und verließ mit seinen jungen Freunden das Hotel.
Denise und Kathrin saßen nebeneinander auf einer Parkbank, während Cäsar vergeblich versuchte, eine Taube aus einem großen Schwarm zu fangen, der jedesmal flatternd auseinanderstob, wenn der Hund dahergeschossen kam.
Kathrin stand auf und kam ihnen entgegen. Denise rief nach Cäsar und machte ihn an der Leine fest.
„Ich werde auch mal ganz schnell in das Hotel gehen", sagte Kathrin, „bis zur nächsten Toilette ist es mir zu weit." Sie klemmte ihre Handtasche unter den Arm und schritt auf den Eingang zu.
„Jetzt könnte Holloway sie verhaften", sagte Bob.
„Da müßte aber wirklich etwas Wichtiges gegen sie vorliegen. Daß sie mal eine Mathematikerin war, und daß Archie ihr Enkel ist, reicht wohl nicht aus", meinte Old Arthur.
Billy rief von einer nahen Telefonzelle aus seine Eltern an. Der Vater war unterwegs und alleine wollte Williams Mutter nicht entscheiden, ob er einen Tag von der Schule fern-

bleiben durfte. Billy sagte kurzerhand: „Dann entscheide ich das mal selber und bleib noch einen Tag hier. Schließlich ist Oxford eine Stadt, in der man sehr viel lernen kann." Die Mutter von Bob und Denise machte in einem zweiten Gespräch, das Denise führte, keine Einwände.
Old Arthur reagierte auf die Nachricht, daß seine drei Begleiter einen Tag länger bleiben konnten, zwiespältig. Einerseits freute er sich natürlich, andererseits sah er auch drohende Gefahren. „Der Fall ist für uns zu groß, wir sollten uns still und heimlich zurückziehen", sagte er.
Billy sah ihn an. „Wie oft hast du das schon gesagt und dann erst richtig angefangen zu ermitteln."
„Wir hatten es aber auch noch nie mit Spionage zu tun."
„Aber Archie sollten wir noch rausholen", meinte Bob.
„Wenn das so einfach wäre." Old Arthur spielte nervös mit seinem schwarzen Ebenholzstock. „Und überhaupt, was geschieht denn dann?"
„Dann muß Archibald auspacken – mit oder ohne Bezahlung", sagte Billy im Brustton der Überzeugung.
„Und seine Großmutter, was machen wir denn mit der?"
„Die könnte eigentlich langsam wieder auftauchen."
Denise trat von einem Bein aufs andere. Cäsar zerrte an der Leine. Er wollte unbedingt die Straße überqueren und seine Herrin in dem kleinen Hotel aufspüren. Es vergingen zehn Minuten, eine Viertelstunde, schließlich sagte Old Arthur: „Das geht nicht mit rechten Dingen zu. Denise, schau doch mal nach. Nein, besser noch, wir gehen zusammen."
Sie überquerten die Straße. In der Hotelhalle war außer dem Portier niemand. Auch Holloway war verschwunden.
„Was kann ich für Sie tun, Sir?" fragte der Portier.
„Wo ist Mister Holloway, ich hatte vor zwanzig Minuten noch mit ihm gesprochen, drüben im Foyer."

„Jawohl, Sir, das habe ich gesehen. Mister Holloway hat das Hotel vor zehn Minuten verlassen."
„Wie denn? Wir haben den Ausgang die ganze Zeit im Auge gehabt!"
Der Portier lächelte überlegen. „Er fuhr mit dem Lift in die Garage hinunter. Dort steht ein Mietwagen, dessen sich Mister Holloway bedient."
Bob schickte einen Blick zur Decke und wiederholte im Geist die Formulierung: ein Mietwagen, dessen sich Mister Holloway bedient, hatte der Portier gesagt, statt einfach zu sagen: da steht das Auto, mit dem er fährt.
„Und dann ist eine ältere Dame hereingekommen, sie gehört zu uns."
„Die Dame sprach kurz mit Mister Holloway und ging dann zu den Toilettenräumen, Sir."
Cäsar ließ sich inzwischen kaum mehr halten, auch Denises beruhigende Art mit ihm zu reden, fruchtete nichts. Er zog mit aller Kraft in die Richtung, in die der Portier gedeutet hatte.
„Schau doch mal nach, Denise", sagte Old Arthur.
Das Mädchen brauchte nur dem Hund zu folgen, der längst die Witterung seiner Herrin aufgenommen hatte. Er riß Denise fast von den Beinen, mit solcher Kraft rannte er los. Old Arthur und die beiden Jungen hörten zuerst ein Jaulen, dann ein leises, zu Herzen gehendes Wimmern und kurz danach einen entsetzten Aufschrei von Denise. Sie rannten in die Richtung, aus der der Schrei gekommen war. Der Portier folgte in vorsichtigem Abstand.
Kathrin Helena Tilson lag auf dem Boden des Waschraums. Sie sah aus, als wäre sie tot. Cäsar leckte ihre Hände und ihr Gesicht, aber er entlockte ihr nicht den leisesten Wimpernschlag. Old Arthur beugte sich hinab und sagte nach kurzer

Prüfung: „Sie atmet noch, aber ziemlich flach.“ Dann brachte er seine Nase dicht vor Kathrins Mund.
„Äther“, sagte er, „man hat sie betäubt.“ Jetzt erst sahen sie die rote lederne Handtasche, die unter das Waschbecken gerutscht war und weit offen stand. Ein paar Utensilien waren herausgerollt: Ein Päckchen Visitenkarten, ein Lippenstift, ein kleiner Spiegel, zwei Kugelschreiber und ein Notizblöckchen, aus dem allerdings alle Blätter herausgerissen waren.
„Sie lebt und wird es auch überleben“, sagte Old Arthur, „aber wir brauchen wieder mal einen Krankenwagen.“
Der Portier bot sich an, die Ambulanz zu verständigen und eilte zum Telefon. Bob folgte, weil er es nicht mehr mitansehen konnte, wie Kathrin völlig hilflos am Boden lag und der Hund sich grämte. So kam es, daß er dem Portier beim Telefonieren zuschaute. Es war ganz zufällig. Bobs Blick war ziellos durch die Halle gewandert und an der Hand des Portiers hängengeblieben. Zunächst wußte der Junge gar nicht, warum er sich wunderte. Doch dann ging ihm plötzlich ein Licht auf. Überall in England hat die Ambulanz drei Nummern – in der Regel drei Mal die eins. Der Portier aber wählte fünf Nummern, und die Wählscheibe hatte oft einen langen Weg zur Ausgangsposition zurück. Schlagartig wurde dem Jungen klar: Der Portier ruft ja eine Privatnummer an. Gespannt lauschte Bob auf das, was der Portier in den Hörer sprach: „Hotel Essex hier. Wir haben leider einen Unfall. Eine ältere Dame aus London ist ohnmächtig geworden. Nein, Sir, ich denke, daß es sich um eine längere Ohnmacht handelt. Ja. Verstanden, vielen Dank.“
Er legte auf.
Bob hatte sich abgewandt und schlenderte ziellos durch die Halle. Er blieb noch einmal beim Empfang stehen und frag-

te: „Wie lange kann das dauern, bis der Krankenwagen da ist?“
„Zwanzig Minuten vielleicht“, beschied ihn der Portier. Bob ging zu den anderen zurück und berichtete Old Arthur, was er beobachtet hatte.
Arthur Hicksted überlegte. Wieder spürte er in der Magengegend dieses Gefühl, das ihm stets eine herannahende Gefahr signalisierte.
„Paßt gut auf sie auf“, sagte er, dann schritt er rasch zur Rezeption. Er nahm, ohne zu fragen, den Hörer vom Telefon und wählte drei Mal die eins. Der Portier hatte begonnen, Briefe zu sortieren. Er schien nicht zu bemerken, was Old Arthur tat. Erst als der Archivar zu sprechen begann, näherte sich der Hotelangestellte.
„Hier Arthur Hicksted, ist dort die Ambulanz? Ist der Wagen zum Hotel Essex schon unterwegs… Wie bitte? Sie haben keine Anforderung bekommen? … Seltsam, bitte schikken Sie sofort einen Krankenwagen. Es ist außerordentlich dringend! Danke!“
Hicksted sah den Portier an. „Das ist aber komisch!“ sagte er.
„Was?“ fragte der Portier ungewöhnlich grob.
„Sie sagten doch, Sie würden einen Krankenwagen rufen.“
„Das habe ich auch!“
„Unter welcher Nummer denn?“
„Drei Mal die eins, also eins – eins – eins!“
„Sie lügen!“ sagte Old Arthur. „Warum lügen Sie?“
„Nehmen Sie das zurück, Sir!“
„Ich denke nicht daran. Sie sind beobachtet worden, wie Sie eine fünfstellige Zahl gewählt haben. Mit wem stecken Sie unter einer Decke, junger Mann?!“
Der Portier faßte unter den Tresen und zauberte eine Pistole

hervor. Sein Daumen schob sich unter den Sicherungshebel. Aber da hatte Old Arthur bereits mit seinem Ebenholzstock zugeschlagen. Die Pistole fiel polternd zu Boden. Der Portier wollte sich bücken, aber Old Arthur stieß sein Stöckchen wie ein Florett gegen die Brust des jungen Mannes und hielt ihn so fest.

„Sie sind im Begriff, einen großen Fehler zu machen", fuhr Hicksted den Portier an.

„Das will ich meinen!" donnerte Holloways Stimme von der Tür her. Der kleine Chiefinspector hielt einen schweren Revolver in der Hand, was ihm ein leicht komisches Aussehen gab. Der Portier hob dennoch fast automatisch beide Hände.

„Kathrin Tilson ist betäubt worden", berichtete Old Arthur, ohne den Portier aus den Augen zu lassen, „sie liegt hinten im Waschraum. Der Kerl da hat eine fünfstellige Nummer gewählt statt der Ambulanz. Ich fürchte, wir bekommen gleich unliebsamen Besuch, getarnt in einem Kranken- oder Notarztwagen."

„Das ist kein besonderes Problem", sagte Holloway.

„Ich habe das Hotel umstellen lassen. Schwieriger ist es, Nummer zwei aufzuhalten. Wenn ich mich nicht sehr irre, ist er jetzt im Computer-Zentrum, um seine ‚Lieferung' fertig zu machen. Ich habe keine Möglichkeit, ihm zu folgen..."

„Schon verstanden!" Old Arthur wirbelte seinen Stock durch die Luft, klemmte ihn unter den Arm und marschierte Richtung Ausgang.

„Können Sie sich um die Kinder kümmern?"

„Selbstverständlich!" sagte Holloway.

„Und um den Hund?" rief Old Arthur, als er schon an der Tür war.

„Um wen bitte?"

„Um den Hund. Er heißt Cäsar und fährt nicht gerne ohne Mrs. Tilson Auto.“

Old Arthur wartete die Antwort nicht ab, sondern verschwand schnell durch die gläserne Schwingtür. Fast wäre er dabei mit zwei Männern in Arztkitteln zusammengestoßen.

„Entschuldigung“, sagte er und sprang die Treppe hinunter.

Die Männer gingen schnell durch die Schwingtür ins Foyer. Dort blickten sie in die große Mündung von Holloways Revolver. Der Portier wollte diesen Augenblick nutzen, um den Chiefinspector von hinten anzugreifen. Er bückte sich nach der Pistole.

Da rief eine Mädchenstimme schneidend: „Cäsar faß!“ Ein dunkler Schatten flog auf den Portier zu und warf ihn um. Der Mann lag auf dem Rücken hinter dem Tresen und rührte sich nicht, denn Cäsars Zähne waren voll entblößt, und aus seiner Kehle kamen so gefährlich klingende Laute, daß wohl niemand gewagt hätte, dieses Tier herauszufordern.

„Ich wollte nach Mister Hicksted sehen“, sagte Denise.

„Schon gut“, rief Holloway, „er ist in meinem Auftrag unterwegs. Schick mir mal Billy her.“

Billy kam eine Minute später und legte den Männern in den Arztkitteln Handschellen an.

„Schau mal, ob sie Ausweise in ihren Taschen haben“, befahl Holloway.

Billy förderte zwei Ausweise zutage, aus denen einwandfrei hervorging, daß die beiden Verhafteten dem staatlichen Gesundheitsdienst angehörten. In diesem Augenblick fuhr ein zweiter Krankenwagen vor. Als dessen Fahrer aber sah, daß schon ein anderes Auto vor der Tür stand, und als er durch die Glasscheibe der Eingangstür Holloway mit dem Revolver entdeckte, gab er sofort wieder Gas – zu spät freilich,

denn zwei Polizeifahrzeuge riegelten genau in diesem Moment die Zu- und Abfahrt zum Hotel ab.
Holloway entschuldigte sich mit einem grimmigen Blick bei den beiden Sanitätern, die sich dann sofort um Kathrin kümmerten. Mit Riechsalz und Kampfer brachten sie die Frau schnell wieder zu Bewußtsein.
Holloway ging derweil nervös auf und ab. Die Geschehnisse waren längst seiner Kontrolle entglitten. Der Kurier sollte von einem Amateur verfolgt und gestellt werden. – Zugegeben, Old Arthur war in Kriminalfällen oft erfolgreicher gewesen als die ganze Polizei. Das aber vor allem, weil er schneller und exakter denken konnte als andere. Im direkten Einsatz war er weniger erfahren.
Und dann, was geschah mit Archie? Wie sollte man Quory schnappen, ohne den Rest der Organisation aufzuscheuchen? Schon der Fehlschlag im Hotel mußte die Bosse des Spionagerings mißtrauisch machen.
Holloway entschloß sich zu einem Wagnis. Leise sagte er zu Bob, Billy und Denise: „Ich versuche, Quory aus dem Haus zu locken, dann laßt ihr Archie frei und nehmt den nächsten Zug nach London."
„Alles klar!" rief Billy und spurtete los. Die beiden anderen folgten.
Holloway stand wie angewurzelt in der Hotelhalle.
„Nein", rief er plötzlich, „bleibt da. Es ist zu gefährlich. Wenn etwas schief geht, wie soll ich denn..."
Er brach ab, denn keines der Kinder hörte ihn mehr. Sie strebten bereits auf einen Bus zu, der gerade abfahren wollte. Und als Holloway die Schwingtür des Hotels aufstieß, schloß sich gerade die Luftdrucktür des Busses mit einem lauten Zischen.

6. Der Kurier und sein Verfolger

Am Sonntag war das College-Gelände noch leerer als tags zuvor. Einige Besucher irrten auf den Höfen umher. Old Arthur strebte dem Eingang zur ehemaligen Kapelle zu. Er stieg die Treppe hinab und fragte den Wächter, der auf einem unbequemen Stuhl saß und vor sich hindöste:
„Ist Mister Kimberly da?"
Der Wächter nickte, ohne etwas zu sagen.
„Ich würde ihn gerne sprechen."
„Er darf nicht gestört werden", sagte der Wächter.
„Bei mir wird er eine Ausnahme machen."
„Er hat ausdrücklich gesagt: Von niemandem und wenn's die Königin selber wäre."
„Sie erinnern sich, daß ich gestern hier war?" fragte Old Arthur.
„Ja, Sie sind ein Freund von Mister Goldman."
„Richtig." Old Arthur steckte dem Wachmann einen Zehnpfund-Schein zu.
„Danke", sagte der und steckte das Geld ein, „aber das ändert auch nichts daran, daß hier niemand Zutritt hat."
„Gar niemand?"
„Mit einer Ausnahme!"
„Und die wäre?"
Der Wächter schwieg und sah gelangweilt zur Decke.
Old Arthur nickte anerkennend.
„Sie sind ein guter Mann auf diesem Posten", sagte er. „Zuverlässig und diskret. Man kann dem Institut zu einem Mann wie Ihnen nur gratulieren."
„Schmeicheleien helfen Ihnen auch nicht weiter", sagte der Wächter und ließ sich wieder auf seinem Stuhl nieder.

Old Arthur mußte einsehen, daß er hier keinen Zentimeter weiter kam. Dort hinter der dickwandigen Stahltür mit dem Zahlenrad fertigte jetzt wohl Nummer zwei die Kopien vom Plan Contra Falke an, um sie seinem Gewährsmann nach Kiel zu bringen, und er kam nicht an ihn heran. Nun gut, Old Arthur konnte warten. Er gehörte nicht zu den Leuten, denen es langweilig wurde. Dafür hatte er zuviel Phantasie.
Er nickte dem Wachmann zu und stieg langsam die Treppe hinauf. Draußen dämmerte es bereits. Es war das gleiche Tageslicht wie am Samstag, als er zum ersten Mal an diesem Ort gewesen war. Vierundzwanzig Stunden waren seitdem vergangen.
Old Arthur schlenderte über den Hof, der mit kunstvoll zusammengefügten Pflastersteinen ausgelegt war. In der Mitte erhob sich eine Säule aus rotem Stein, die eine große Sonnenuhr trug. Die letzten Strahlen der untergehenden Sonne verrieten, daß es kurz vor sechs Uhr war. Old Arthur suchte sich einen Platz, von dem aus er den Eingang zum Computer-Zentrum beobachten konnte. Regungslos stand er hinter einem schmalen Mauervorsprung, der dicht mit Efeu bewachsen war. Bei solchen Gelegenheiten konnte er sein Gefühl für die Zeit sozusagen betäuben. Er achtete nicht darauf, wieviele Minuten, Viertelstunden oder Stunden vergingen. Er langweilte sich nicht und fühlte auch keine Unruhe. Mit der zunehmenden Dämmerung schien seine Gestalt mit dem Efeu und dem Mauerwerk zu verwachsen.
Kurz nach zwanzig Uhr betrat ein Mann den Hof – eine hagere Gestalt, die ein wenig nach vorne gebeugt mit kurzen, fast trippelnden Schritten auf die Kapelle zuging, in der jetzt das Computer-Forschungs-Zentrum untergebracht war. Der Mann sah sich um, als ob er sich verfolgt fühlte, beschleunigte dann seine kurzen Schritte. Als er die Tür zur

Kapelle durchschritt, fiel für den Bruchteil einer Sekunde Licht auf sein Gesicht. Old Arthur erkannte Francis Goldman, Antonys Bruder.
Welche Rolle mochte der harmlose Mathematiklehrer spielen? Sicher schickte ihn Tony als Boten. Offensichtlich war Francis auch jener Mann, den Kimberly erwartete, denn er kehrte nicht zurück.
Er hatte demnach Zutritt zum Zentrum erhalten.

Bob, Billy und Denise betraten Quorys Haus, als es draußen schon dunkelte. Offensichtlich war es Holloway gelungen, ihn wegzulocken, denn nirgendwo im Gebäude brannte Licht. Denise fröstelte ein wenig, als sie über den Gartenweg auf die Loggia-Treppe zugingen. Die Büsche hockten wie seltsame Gestalten im dämmrigen Garten. Das Mädchen fürchtete, jeden Augenblick könnte eine dieser Gestalten lebendig werden und auf sie zukommen, um sie zu ergreifen. Bob kannte solche Ängste nicht. Er lief auf das Haus zu, nahm die Treppe in einem Satz und wollte die Tür aufdrükken. Die aber war verriegelt. Auch die Haupttür fanden sie verschlossen vor, ebenso eine schmale Tür, die von der Waschküche in den hinteren Teil des Gartens führte.
„Dann muß es eben anders gehen", sagte Billy. Er suchte die Hauswand nach einem Fenster ab, das leicht zu öffnen war. Neben der Küche befand sich eine kleine Speisekammer, deren Fenster hochgeschoben werden konnte. Es war einen Spalt breit offen. Billy stieg nach der bewährten Methode auf Bobs Schultern, schob das Fenster hoch und glitt hinein.
In der Speisekammer roch es herrlich nach Speck und Kräutern. Der Junge stieß mit dem Fuß gegen einen flachen Gegenstand. Schnapp! machte es und ein metallisches Klirren

folgte. Entsetzt sprang Billy zurück. Er tastete die Wand ab, fand einen Lichtschalter und entdeckte, daß er gegen eine Mausefalle gestoßen war.
Sobald er die Speisekammer verlassen hatte, kannte er sich wieder aus. Er rannte zur Loggia und ließ Denise und Bob herein. Ohne sich lange aufzuhalten, stürmten sie in den Dachstock hinauf, nahmen die Aluminiumleiter aus dem Schrank, öffneten die Falltür, stiegen nacheinander auf den Dachboden und zogen die Truhe, in der Archie gefangen war, unter der Dachschräge hervor. Der Schlüssel steckte im Schloß, Billy drehte ihn und öffnete die Truhe.
Archie blinzelte ins Licht. Denise nahm ihm den Knebel aus dem Mund. Der Gefangene leckte ein paar Mal mit der Zunge über seine trockenen Lippen, ehe er hervorstieß: „Was wollt ihr?“
„Wir kommen von Kathrin und sollen Sie befreien“, sagte Bob ein wenig pathetisch.
„Na, dann redet mal nicht lange, sondern macht.“
Billy hatte bereits sein Taschenmesser herausgezogen und die größte Klinge ausgeklappt. Mit zwei raschen Schnitten löste er die Stricke.
Archibald massierte seine Arme und seine Fußgelenke, nachdem er aus der Kiste herausgestiegen war.
„Mann, oh Mann“, sagte er, „ich dachte, ich halts nicht mehr aus. Jetzt aber nichts wie zu einem Klo!“
Er setzte sich in die Öffnung der Lukentür und sprang mit einem Satz in die Bücherkammer hinunter.
Die Kinder trafen ihn ein paar Minuten später unten in der Küche, nachdem sie oben alles wieder so hergerichtet hatten, wie es vor der Befreiungsaktion gewesen war.
„Was soll nun werden?“ fragte Archie. „Natürlich verschwinde ich hier, aber hat Kathrin irgend etwas gesagt?“

Billy schüttelte den Kopf. „Nein, aber Mister Holloway bittet Sie, spätestens um einundzwanzig Uhr auf der Polizeiwache Northern-Road zu sein.“
„Und wenn ich nicht hingehe?“
„Er hat gesagt, wenn Sie nicht hingehen, hetzt er Ihnen seinen Agenten Nummer 6 auf den Hals und der findet Sie auf jeden Fall, ganz egal, wo Sie sich auch verstecken.“
„Klingt ja reichlich geheimnisvoll. Einundzwanzig Uhr, habt ihr gesagt? Na, prima, da kann ich gerade noch was essen, dann hauen wir ab.“

Old Arthur hatte weitere vierzig Minuten gewartet. Da hörte er Schritte und zwei Männerstimmen. Kimberly und Francis Goldman tauchten nebeneinander auf. Unter der Tür blieben sie stehen.
„Und ich sage Ihnen“, rief Francis mit aufgeregter Stimme, „das Verteidigungsministerium hat Ihnen getürkte Zahlen gegeben. Nichts stimmt. Alle Ausgangspunkte sind falsch, mithin sind auch alle Folgerungen falsch. Das Ganze ist ein grandioser Betrug, und wir lassen uns dafür einspannen.“
Kimberly antwortete: „Ich habe einen festen Auftrag, und den werde ich erfüllen. Es geht um viel Geld für uns alle.“
„Aber sie werden es merken. Geben Sie mir die Zahlen und alle Daten. Ich werde das Prinzip der Fälschung herausarbeiten und dann kann ich die wirklichen Zahlen und Daten ausrechnen.“
„Und wie lange dauert so etwas?“
„Eine Woche, zwei Wochen!“
Kimberly lachte laut auf. „Es geht um Stunden, Francis.“
„Die Zeit ist jetzt unwichtig“, Francis Goldmans Stimme klang immer aufgeregter, „denn was Sie unseren Auftraggebern bringen wollen, wird denen nichts nutzen.“

„Und wenn schon!“ Kimberly ging über den Hof auf das runde Tor zu, das zur Straße führte. Aber Francis Goldman hielt ihn am Arm fest.
„Ich lasse es nicht zu!“
Kimberly machte sich los. „Ich habe den Plan Contra Falke zu überbringen und zwar so, wie er im Augenblick besteht. Mit der Auswertung habe ich nichts zu tun.“
„Aber verstehen Sie denn nicht“, Francis Stimme bekam einen fast weinerlichen Ton, „wir blamieren uns. Jeder wird sagen, ein guter Wissenschaftler hätte merken müssen...“
„Jetzt reicht's aber“, unterbrach ihn Kimberly, „wir erbringen eine Leistung und bekommen dafür Geld. Niemand will mit dieser Tätigkeit den Nobelpreis gewinnen. Wenn Sie wissenschaftlichen Ruhm suchen, müssen Sie das auf einem anderen Feld tun, Francis, hier geht es um Geld, um nichts weiter.“
„Es geht darum, ob wir etwas richtig oder falsch machen, ob wir ein mathematisches Problem lösen können oder nicht, ob wir gute oder schlechte Wissenschaftler sind!“
„Was für ein Schwachsinn!“ Kimberly hatte es fast hinausgeschrien. Wieder faßte Francis nach Kimberlys Arm, aber der andere hatte plötzlich eine Waffe in der Hand.
„Jetzt ist Schluß“, bellte er, „ich muß die Fähre in Dover kriegen und kann mich nicht mehr durch sinnloses Geschwätz aufhalten lassen.“
Francis schien völlig unbeeindruckt zu sein.
„Mein Bruder wäre nicht einverstanden!“ sagte er.
Kimberly lachte: „Antony wäre mit gar nichts einverstanden, wenn er wüßte, was wir tun. Tony ist ein englischer Patriot. Und er braucht ja das Geld auch nicht. Seine Patente haben ihm ein paar Millionen eingebracht. Das sieht bei einem armen Schulmeister wie Ihnen natürlich anders aus.“

„Ich tue es nicht wegen des Geldes", stieß Francis hervor.
„Nicht!?" Kimberly war unwillkürlich stehengeblieben und hatte die Waffe gesenkt.
„Nein. Ich will, daß ein Gleichgewicht herrscht. Solange der wissenschaftliche Austausch nicht offen stattfinden kann, müssen wir Wissenschaftler eben dafür sorgen, daß er versteckt funktioniert."
Kimberly lachte erneut. „Sie sind vielleicht naiv. So etwas geht doch gar nicht!"
„Warum nicht? Wenn Kollegen im Osten dieses Material in die Hand bekommen, sind sie über unsere wissenschaftlichen Leistungen informiert, nicht wahr? Und wenn wir – was ja gelegentlich auch geschieht – Material von drüben bekommen, können wir uns ebenso ein Bild machen, wie weit die Kollegen sind. Das alles hilft uns vielleicht sogar, Kriege zu verhindern."
„Mein Gott, Sie haben nichts begriffen, Nummer drei!"
Old Arthur stieß sich unwillkürlich von der Mauer ab, als Kimberly Francis Goldman plötzlich so anredete.
„Sie sind ein Träumer, ein Phantast, weiter nichts", fuhr Kimberly fort. „Es wäre interessant, weiter mit Ihnen darüber zu diskutieren, aber meine Zeit erlaubt es nicht."
Er hob die Waffe und legte den Sicherungshebel um. Ein leises Klicken war zu hören.
Old Arthur rief scharf: „Tun Sie es nicht, Nummer zwei!"
Kimberly fuhr herum. Ein Schuß peitschte. Die Kugel fuhr dicht neben Old Arthurs Kopf in die Mauer und riß eine Handvoll Mörtel heraus.
Old Arthur wendete einen uralten Trick an, er stieß einen Schmerzensschrei aus und ließ sich zu Boden fallen.
„Was haben Sie getan!" rief Francis.
„Wer ist der Mann?" hörte Old Arthur Kimberly fragen.

„Hicksted“, sagte Francis mit belegter Stimme.
„Haben Sie ihn gesehen?“
„Nein, ich habe seine Stimme erkannt.“
„Rufen Sie einen Krankenwagen, aber geben Sie keine Namen an. Ich muß los!“
Kimberly rannte auf den Durchlaß zur Straße zu.
Francis Goldman stand wie versteinert da. Der Wachmann kam die Treppe herauf und rief, noch ehe er den Hof erreicht hatte: „Was ist passiert? Ich habe doch einen Schuß gehört!“
Old Arthur rappelte sich auf und sagte laut: „Keine Aufregung bitte, mir ist nichts passiert. Kimberly hat mich knapp verfehlt.“
„Gott sei Dank!“ sagte Francis.
„Was suchen Sie überhaupt noch hier?“ fuhr der Wachmann Old Arthur an.
„Ach, wissen Sie, ich bin früher mal in dieses College gegangen, genauso wie Mister Kimberly, die Brüder Goldman und Quory, der Buchhändler. Die Erinnerung hat mich sozusagen überwältigt.“
„Komischer Kauz“, brummte der Wachmann. „Wer hat denn nun geschossen und womit?“
„Mister Kimberly, mit einer 38er, wenn ich mich nicht sehr irre. Das Projektil muß dort in der Mauer stecken. Pfeil und Bogen hatte er wohl gerade nicht bei der Hand.“ Francis Goldman stand unschlüssig zwischen dem Wachmann und Old Arthur.
„Was soll denn nun werden?“ fragte er mit unsicherer Stimme.
„Wissen Sie, welche Fähre Kimberly nehmen wollte?“
„Nein.“
„Na gut, dann wird man alle überwachen müssen.“

„Oder auch nicht!“ Das war die Stimme des Wachmanns gewesen, die plötzlich einen harten, metallischen Klang hatte. Old Arthur fuhr überrascht zu ihm herum.
Die Stimme kam ihm plötzlich bekannt vor.
Da klang überlaut ein blecherner Gong. Old Arthur hob den Kopf.
„Ist es möglich, daß...?“ konnte er gerade noch sagen, da wurde seine Stimme schon übertönt.

„Hier spricht Edgar Wallace“, hallte es über den nächtlichen Hof.

„Der Wachmann ist Quory und Quory ist Nummer eins! Er ist bewaffnet und macht rücksichtslos von seiner Waffe Gebrauch!“

Der Gong ertönte wieder und dann legte sich eine unheimliche Stille über den Hof.
„Quory?“ fragte Old Arthur und blinzelte in die Dunkelheit.
„Das kann ich nicht glauben!“
Der Wachmann zog seine Mütze vom Kopf, löste die falschen Augenbrauen und eine feine Plastikhaut, die den unteren Teil seines Gesichtes verdeckt hatte. „Seitdem wir damals Theater gespielt haben, habe ich mich gerne maskiert. Heute wars ausgesprochen nützlich.“ Selbst im Halbdunkel des einsamen Hofes konnte Old Arthur die Veränderung erkennen.
„Und wo ist der richtige Wachmann?“ fragte er.
Quory lachte. „Im einstweiligen Ruhestand, könnte man sagen. Er wird sicher noch ein paar Stunden schlafen. Ich habe mich übrigens sehr gefreut, als du gesagt hast, ‚Sie sind ein guter Mann auf diesem Posten.‘ Ehrlich, ich hatte Mühe, nicht laut loszulachen.“
Old Arthur war nicht nach Lachen zumute. Er war ratlos.

Was konnte er tun? Kimberly war auf dem Weg zur Fähre und niemand ahnte es, denn Holloway ging vermutlich davon aus, daß der Kurier ein Flugzeug nehmen würde. Daß er getürkte Unterlagen bei sich hatte, war kein Trost. Denn genauso wie Francis Goldman in der Lage war, auf die echten Zahlen zu kommen, waren es wohl auch die Fachleute auf der anderen Seite des eisernen Vorhangs. Kimberly trug eine verschlüsselte Nachricht bei sich, für die man den Schlüssel finden konnte.

„Aber warum?" sagte Old Arthur, „warum tut ihr so etwas? Quory, daß du ein Spion sein sollst…"

Er ließ den Satz in der Luft hängen.

„Kümmere du dich gefälligst um deinen eigenen Kram", herrschte ihn der Buchhändler an. „Mein größter Fehler war, daß ich euch bei mir aufgenommen habe."

„Also, du bist die Nummer eins", sagte Old Arthur, unbeeindruckt durch die Schärfe in Quorys Stimme.

„Und du bist nichts weiter als ein mieser Polizeispitzel."

„Ich hatte mich schon gewundert, warum ein Mann mit deinen Begabungen ausgerechnet Buchhändler geworden ist. Und jetzt stellt sich heraus, daß alles Tarnung war."

„Wieso Tarnung?" Quory hatte unwillkürlich einen Schritt nach vorne gemacht.

„Tarnung für deinen Sender zum Beispiel auf dem Dachboden deines Hauses."

Bis zu diesem Augenblick hätte jeder unvoreingenommene Beobachter der Szene glauben können, drei Männer seien in eine kleine Plauderei vertieft.

Aber als Old Arthur den Sender erwähnte, hatte Quory plötzlich eine Waffe in der Hand. Im gleichen Augenblick war Arthur Hicksted klar, daß er mit seiner Geschwätzigkeit einen großen Fehler gemacht hatte.

„Woher weißt du das mit dem Sender?“ fuhr ihn Quory an. Old Arthur schwieg und beobachtete den verhältnismäßig langen Lauf der Pistole.

„Los, antworte!“

„Die Jungs haben ihn zufällig entdeckt.“

„Zufällig? Das ist ausgeschlossen. Sie haben gezielt gesucht, gibs zu!“

„Ach was, Bob und Billy sind neugierig, weiter nichts.“

Selbst in der Dunkelheit war zu erkennen, wie nervös Quory plötzlich geworden war. „Und weiter?“

„Nichts weiter. Sie haben es mir erzählt.“

„Du lügst. Gegen sechs Uhr bist du gekommen und hast den Wachmann, ohne zu wissen, daß ich es war, gefragt, ob du wohl Mister Kimberly antreffen könntest. Du wußtest also, daß Kimberly gegen achtzehn Uhr im Computer-Zentrum sein würde. Du wußtest auch warum, gibs zu!“

„Ich gebe gar nichts zu“, sagte Old Arthur.

„Ich bin von euch belauscht worden. Einer der Jungen hat mich beobachtet. Er muß auf dem Dachboden versteckt gewesen sein. Womöglich hat er auch … verdammt!“

Old Arthur wurde es fast schwindelig, als er hörte, daß Quory durchschaut hatte, wie alles abgelaufen war. Er hatte sich selbst unterbrochen, als ihm Archie eingefallen war.

„Wo sind die Kinder jetzt?“ fragte er.

„Unter der Obhut Holloways“, log Old Arthur.

„Was weiß Holloway?“

„Er weiß auf jeden Fall nicht weniger als ich.“

Quory wandte sich überraschend an Francis Goldman, der die ganze Zeit unbeweglich dabei gestanden war. „Dann bleibt uns keine andere Wahl, Nummer drei.“

„Was meinen Sie, Sir?“ fragte Francis förmlich.

„Wir werden England verlassen müssen. Und zwar schnell.“

„Nur eine Frage noch“, sagte Old Arthur, „warum wolltet ihr Antony beseitigen?“
„Kannst du dir das nicht denken?“
„Er war nicht an eurer Agententätigkeit beteiligt, oder?“
„Im Gegenteil, als er etwas vermutete, wollte er uns das Handwerk legen. Es war uns zwar kurzzeitig gelungen, den Verdacht auf ihn zu lenken, als zum ersten Mal eines unserer Programme im Osten auftauchte, aber natürlich wußten wir, daß das nicht lange vorhalten würde. Tony ist dann seinerseits aktiv geworden, und er war nahe daran, uns zu entlarven.“
„Seltsam, er hat mir nichts darüber gesagt.“
„Er wollte mich schützen“, sagte Francis mit leiser, leicht belegter Stimme. „Das hat er mir im Krankenhaus gesagt. Er wollte, daß wir unsere Aktionen sofort abbrechen, dann hätte er uns nicht verraten.“
„Was für ein Schwachkopf“, entfuhr es Quory.
„Ich habe ihm auch gesagt, daß das nicht in Frage kommt“, fuhr Francis fort, der offensichtlich froh war, reden zu können. „Schließlich haben wir eine wichtige Aufgabe. Ich habe ihm gesagt, es ist eine international wichtige Aufgabe...“
Quory schüttelte den Kopf. „Diese Familie! Lauter Idealisten, wenn auch auf ganz verschiedenen Seiten. Ich fürchte, Francis, daß ich England ohne Sie verlassen muß.“
Die Szene war gespenstisch. Drei Männer standen an einem warmen Sonntagabend im Herbst im Hof ihres ehemaligen Colleges. Einer von ihnen hielt eine Waffe in der Hand. Sie redeten fast im Plauderton über den Verrat wichtigster Staatsgeheimnisse. Jeden Augenblick konnte der eine von ihnen die Waffe heben, zielen und schießen.
Und dennoch redeten sie wie damals in der großen Pause, oder wie Männer bei einem Stehempfang.

Old Arthur nahm wieder das Wort: „Es ging euch also ausschließlich ums Geld. Dir, Quory, und Kimberly, während Francis glaubte, er diene dem Weltfrieden, wenn er für einen umfassenden Datenaustausch arbeitete. Ihr habt Francis Goldman mißbraucht, ohne daß er es merkte."

„Versuch nicht, einen Keil zwischen uns zu treiben", erwiderte Quory scharf. „Im übrigen – wir haben genug geredet. Ihr beide geht jetzt vor mir her die Treppe hinunter."

„Was haben Sie vor?" fragte Francis.

„Das werdet ihr bald genug erfahren."

„Nur eins noch", Arthur Hicksted war ein paar Schritte auf Quory zugegangen, „warum habt ihr euch immer in London im Bogenschützenclub getroffen?"

„Hätten wir das hier in Oxford machen sollen, wo uns jeder kennt? Die Idee war gut. Und als uns Francis Goldmans Neffe Larry, den wir als ganz brauchbaren Mitarbeiter kennengelernt hatten, auf das leer stehende Grundstück hinwies, haben wir zugegriffen. Wirklich ein idealer Laden."

„Hattet ihr Kathrin Tilson von Anfang an als Haushälterin?"

„Nein, sie ist erst seit einem Vierteljahr bei uns. Bewundernswert übrigens, wie sie die Rolle in meinem Haus spielte. Die ganze Zeit mußte ich ja befürchten, daß sie mich erkennen würde, trotz meiner Maske, die ich in London immer trug."

„Aber dennoch habt ihr sie auf Eis gelegt."

„Wen?"

„Kathrin."

„Wie kommst du denn darauf?"

„Ich habe es mit eigenen Augen gesehen. Wir sind bei dir weggefahren, ich habe kurz im Hotel Holloways Station gemacht, um ihm von meinen Entdeckungen zu berichten. Kathrin hat zunächst vor dem Hotel gewartet, ging dann aber doch auch noch hinein und wurde prompt überfallen und mit Äther betäubt. Der Portier, der offensichtlich auch einer eurer Männer ist, hatte eine falsche Ambulanz bestellt. Und wäre der kleine Bob nicht so aufmerksam gewesen, festzustellen, daß der Portier eine falsche Nummer wählte – wer weiß, was dann mit Kathrin geschehen wäre."

„Das ist alles Unsinn", stieß Quory hervor und seine Überraschung schien nicht gespielt zu sein.

„Wer außer euch sollte denn sonst an Kathrin interessiert sein?"

„Tja, genau das frage ich mich ja auch. Die Polizei – aber die braucht keine derartigen Methoden, zumal wenn Holloway selbst in der Nähe ist. Vielleicht mischt ein Geheimdienst mit, von dem wir nichts wissen und Holloway auch nicht."

Old Arthur lächelte. „Da solltest du dich vielleicht einmal mit Holloway drüber beraten."

„Laß die blöden Witze. Ab jetzt. Die Treppe runter. Nummer drei voraus, dann Old Arthur. Die Pistole ist entsichert. Ich habe einen Schalldämpfer aufgeschraubt, also wird es niemand hören, wenn ich von der Waffe Gebrauch mache."

„Außer Edgar Wallace vielleicht", sagte Old Arthur obenhin.

„Was war das überhaupt für ein Schnickschnack?" fragte Quory, während er die beiden Männer vor sich her die Treppe hinuntertrieb.

„Er ist irgendwie immer dann da, wenn ich in Gefahr gerate – ich oder die Kinder. Niemand weiß genau, wer dahinter steckt. Selbst ich nicht. Natürlich habe ich die eine oder andere Vermutung, aber die erweist sich dann immer mit schöner Regelmäßigkeit als falsch."

Old Arthur redete, als ob er damit die Gefahr abwenden

könnte. Unbewußt meinte er wohl: Solange ich rede, wird er nicht schießen. Also fuhr er fort: „Wir haben das schon öfter erlebt. Natürlich glaube ich nicht an Geister, das dürfte ja wohl klar sein. In jedem Fall gibt es auch eine natürliche Erklärung. Gerade eben zum Beispiel. Der Mann, der Edgar Wallace spielt, könnte auf der Galerie des Hauptgebäudes gestanden haben oder unter den hinteren Arkaden. Lautsprecher gibt es in den verschiedensten Variationen. Ich würde an deiner Stelle auf jeden Fall damit rechnen, daß er jeden Augenblick eingreifen kann."

Unwillkürlich sah sich Quory um und suchte das Treppenhaus mit den Augen ab.

Sie erreichten die schwere Stahltür. Quory befahl den beiden anderen, sich an der Wand aufzustellen. Er ließ sie nur für Sekunden aus den Augen, um die Zahlenkombination einzustellen. Francis Goldman hatte die Augen fest geschlossen. Er konzentrierte sich ganz auf das Geräusch der Zahnräder im Innern der Tresortür. Alle anderen Einflüsse hatte er ausgeschaltet. Sein Gehirn beschäftigte sich ausschließlich mit diesem Geräusch. Er registrierte und speicherte es ganz exakt.

„Los, rein hier!" Quory trat zur Seite. Jetzt, da er im hellen Licht einer Neonlampe stand, sah Old Arthur, daß Quory bleich war. Schweißtropfen standen auf seiner Stirn, und im linken Augenwinkel beobachtete Old Arthur ein leichtes Zucken, das Quory nicht unter Kontrolle bringen konnte.

Quory wies ihnen zwei weit voneinander entfernte Stühle zu. Dann trat er an die Telefonzentrale, die gleich neben der Tür auf einem schmalen Pult stand und riß das Hauptkabel aus der Wand. In der Tür blieb er noch einen Augenblick stehen.

„Tut mir leid", sagte er, „das ist das Ende unserer Freundschaft, Old Arthur. Du hättest zu einer günstigeren Zeit kommen sollen."

Die Tür schloß sich mit einem seltsamen Geräusch, das wie ein leises Schmatzen klang. Dann wurde das Zahlenrad verdreht. Old Arthur sprang auf und wollte etwas sagen, aber Francis hob fast beschwörend die Hand.

„Nicht, nichts sagen, ich glaube, ich habe die Kombination im Gedächtnis. Ich darf sie aber nicht verlieren, darf sie nicht verlieren, nicht verlieren, nicht verlieren...", seine Stimme wurde immer leiser, als ob sie von einem Toningenieur ausgeblendet würde. Dann ging Francis Goldman wie in Trance auf die Tür zu. Die Hände hatte er weit vorgestreckt, die Augen fast geschlossen.

Auf der Innenseite der Tresortür befand sich das gleiche Zahlenrad wie auf der Außenseite. Behutsam legte Francis seine schmalen Finger auf das Rad und begann zu drehen. Er bewegte es so langsam, daß man jeden Zahn des Rades im Innern anschlagen hörte. Dann ließ er es los.

Kurz danach drehte er in die andere Richtung. Auch diesmal ohne jede Hektik, langsam und gleichmäßig. Old Arthur schaute fasziniert zu und wagte kaum zu atmen. Noch ein drittes Mal wiederholte Francis Goldman die Prozedur. Dann wischte er die Hände an einem Taschentuch ab und packte den Griff der Tür.

„Jetzt muß es sich zeigen", sagte er, wie zu sich selbst. Er zog mit beiden Händen. Die Tür gab fast das gleiche Geräusch von sich wie zuvor, als sie von außen geschlossen worden war. Dann schwang sie auf.

„Francis, Sie sind ein Genie!" rief Old Arthur.

Er stürmte aus dem Raum, blieb aber plötzlich bei der ersten Treppenstufe stehen. „Der richtige Wachmann! Wir müssen ihn suchen."

Sie fanden ihn in einem Nebenraum, in dem das Endlosdruckpapier für die Computer gestapelt war. Der Wächter, ein älterer Mann, war an Armen und Beinen gefesselt. Über den Mund hatte ihm Quory ein breites Band geklebt. Der Mann bekam kaum Luft. Sein Gesicht war blaurot angelaufen. Er kam nur mühsam auf die Beine und hatte offensichtlich einen Schock.

Old Arthur sah unschlüssig von Francis zu dem Wachmann. Was sollte er als erstes tun? Der Wächter mußte unbedingt in ein Krankenhaus, denn die Schockwirkung schien eher zu- als abzunehmen. Andererseits war nicht vorauszusehen, wie sich Francis verhalten würde. Und das Telefon war zerstört.

„Können Sie irgendwie Verbindung mit der Polizei aufnehmen?“ fragte Old Arthur den Wachmann. Der klopfte stumm auf seine Jacke. Old Arthur faßte nach kurzem Widerstreben in die Innentasche der Jacke und zog ein Sprechfunkgerät heraus.

Tatsächlich bekam er sofort Verbindung mit dem nächsten Polizeirevier. Dort war man von Holloways Mission unterrichtet. Hicksted schilderte knapp und präzise seine Situation und bat darum, Holloway auf jeden Fall ausfindig zu machen und zu Quorys Haus zu schicken.

„Ich rechne damit, daß Quory dort noch einmal auftaucht, um die wichtigsten Spuren zu verwischen und das Notdürftigste für seine Flucht zu holen. Die Kinder sind vermutlich noch draußen und in höchster Gefahr. Eile ist geboten, denn Quory ist nun schon seit zwölf Minuten unterwegs.

„Wir sollten endlich losziehen“, sagte Denise, „wenn Quory heimkommt und merkt, daß wir Archie, ich meine, Mister Tilson, befreit haben – wer weiß, was dann passiert.“

„Quory ist sicher längst von Holloway gefaßt und auf Nummer Sicher gebracht worden", rief Bob von der Speisekammer her, wo er sich noch ein kräftiges Stück Schinken genehmigte.
„Glaube ich nicht", sagte Billy, „Holloway will ja den ganzen Spionagering auf einmal erwischen. Er wird Quory überwachen lassen, weiter nichts."
„Naja, dann kann er uns auch nichts tun, wenn er hierherkommt und die Polizei auf den Fersen hat", Bob kaute auf beiden Backen.
„Ich jedenfalls mach mich mal auf die Socken", sagte Archie.
„Gute Idee", meinte Denise, „denn wenn er Sie hier findet, ist garantiert der Teufel los."
„Das ist er so oder so!" Quorys Stimme kam aus dem dunklen Hausflur. Die Kinder und Archie saßen in der hell erleuchteten Küche. Sie konnten den Mann, dessen Stimme so bedrohlich klang, nicht sehen.
„Guten Abend, Mister Quory", sagte Bob unsicher und noch immer mit vollem Mund.
„Ihr kleinen Ratten habt also meinen Dachboden durchstöbert. Das war ein großer Fehler. So etwas kann nicht unbestraft bleiben."
Archie hatte sich langsam von seinem Stuhl erhoben und machte einen zögernden Schritt zur Tür hin.
„Stehenbleiben!" bellte Quory, „oder ich nagle dich an die Wand, Archie!"
Wie zum Beweis zischte ein Pfeil durch das helle Licht und drang tief in die Wand neben der Tür ein. Archie war kreidebleich im Gesicht.
„Nummer eins, der Bogenschütze", stammelte er, „aber..., aber..., ich verstehe das nicht..."

„Es ist immer eine Frage der Maske“, Quory kicherte, „jetzt zum Beispiel bin ich als Quory gekommen. In London hatte ich ein ganz anderes Gesicht und hieß offiziell Lindinghouse; mal sehen, als was ich nachher weggehe. Vielleicht gehe ich in der Maske des Archibald Tilson, nachdem ich den wirklichen Archie in den alten Brunnenschacht draußen geworfen habe.“

„Aber das können Sie doch nicht...“, stammelte Archie.

„Und ob ich das kann.“ Es war Quorys Stimme anzuhören, wie stolz er auf sich war.

„So, und nun erst mal ab in den Keller. Euch soll es auch nicht besser gehen als Old Arthur.“

„Was ist mit Old Arthur?“ fragte Billy beklommen.

„Den hab ich erst mal von der Welt isoliert. Er ist zu gefährlich geworden.“

Mit diesen Worten trat Quory in die Küche und damit ins Licht. Er trug einen Bogen in der linken Hand, in der rechten hielt er ein Bündel Pfeile, mit denen er auf Archie deutete.

„Es ist schon allerhand, daß ihr diesen Kerl erst befreit und dann auch noch bei mir bewirtet habt. So viel Unverfrorenheit ist mir noch nie untergekommen.“ Er schob die Pfeile nachlässig in seine äußere Jackentasche, so daß sie bei jeder Bewegung hin- und herschwangen wie dünne Zweige im Wind. Gleichzeitig zog er die Pistole aus dem Gürtel und holte aus der anderen äußeren Jackentasche den Schalldämpfer, den er mit ruhigen Bewegungen auf den Lauf aufschraubte.

„Los, aufstehen, mitkommen!“

„Wo wollen Sie uns hinbringen?“ fragte Denise. Sie klammerte sich mit beiden Händen an die Sitzfläche ihres Stuhles und rührte sich nicht.

„In meinen alten Keller, da könnt ihr mal richtige Ratten kennenlernen."
„Ich gehe nicht mit", sagte Denise.
„Und ob du gehst!" Quory, dessen Nerven nicht mehr richtig mitspielten, holte weit aus, um nach ihr zu schlagen, Denise duckte sich unwillkürlich. Da peitschte ein Schuß. Quory starrte überrascht auf das Küchenfenster, das ein kleines, kreisrundes Loch bekommen hatte, drehte sich dann ganz langsam um die eigene Achse und brach in die Knie.
Der Schuß hatte ihn in die rechte Schulter getrofffen. Ziemlich genau an der gleichen Stelle, an der auch Old Arthur verletzt worden war.
Pistole und Schalldämpfer kullerten in zwei verschiedene Ecken.
Archie war sofort auf den Beinen und wollte durch die Tür verschwinden.
„Hiergeblieben, Archie!" das war Kathrins rauhe Stimme.
„Kathrin!" riefen die drei Kinder wie aus einem Mund.
Quory, der taumelnd wieder hochkam und nach einem Küchenhandtuch griff, um es gegen die blutende Wunde zu pressen, sagte: „Kathrin? Hat etwa Kathrin auf mich geschossen?"
In diesem Augenblick betrat Kathrin Helena Tilson die Küche. Sie nickte und sagte: „Ja, Kathrin hat auf Sie geschossen, Quory, Sie können aber auch sagen, Agent Nummer 6 hat auf Sie geschossen."
„Was?" Das hatte diesmal sogar Archie zusammen mit den anderen ausgerufen.
Fast im gleichen Augenblick betrat Holloway die Küche.
„Hervorragend gemacht, Nummer 6", sagte er und reichte Kathrin die Hand. „Ihr Einsatz ist beendet – äußerst erfolg-

reich, möchte ich sagen. Kimberly wurde auf dem Weg nach Dover von einer unserer Streifen gestellt.
Nummer eins haben wir endlich hier entlarven können, Nummer drei befindet sich in der Obhut von Old Arthur."
Quory, der unter der Verletzung nicht sehr zu leiden schien, sagte: „Haben Sie etwa schon Kontakt zu Arthur Hicksted gehabt?"
Holloway nickte. „Francis Goldman, sicherlich der Genialste in eurer ganzen Gruppe, hat die Kombination des Zahlenschlosses allein durch sein Gehör gespeichert und konnte so sich und Old Arthur befreien, kaum daß Sie das College verlassen hatten, Quory. Goldman wird von Old Arthur ins Polizeirevier gebracht und dort verhört. Sein Neffe Larry ist von Beamten von Scotland Yard schon am frühen Nachmittag festgenommen worden. Er scheint ganz froh zu sein, daß seine Flucht zu Ende ist und seine Hand endlich richtig ärztlich behandelt wird. Die beiden falschen Krankenwärter sind – es tut mir leid, daß ich es sagen muß – Männer vom Secret Service, ebenso wie der Portier im Hotel und sieben weitere Beamte, die hier in Oxford tätig waren. Der Geheimdienst hat leider ermittelt, ohne uns zu unterrichten. Aber nun hat er auch die Quittung für dieses selbstherrliche Vorgehen: Der Fall wurde ausschließlich von Scotland Yard gelöst."
„Naja, so ausschließlich dann auch wieder nicht", sagte Billy.
Holloway nahm seinen Zwicker von der Nase, polierte ihn umständlich und sagte nach einer langen Pause: „Nun gut, wieder einmal hat sich Old Arthur eingemischt und wieder mal seid ihr dabei gewesen. Aber bildet euch nicht zu viel darauf ein. Wir hätten es auch ohne euch geschafft!"
„Fragt sich nur, wann und wie!" krähte Bob von der Speise-

kammer her, wo er eine Blechdose mit Plätzchen gefunden hatte.

Vor ihrer Abreise am Montag besuchten Old Arthur und die Kinder noch Antony Goldman in der Klinik.
„Da kannst du mal sehen, in was man reingeraten kann, nur weil man ein bißchen mehr Geld hat als andere“, sagte Tony mißgelaunt zu seinem Freund Arthur.
„Es sind ein paar Millionen Pfund mehr, als andere haben!“ verbesserte ihn Hicksted.
„Trotzdem, es ist eine Ungeheuerlichkeit...“
„Bitte, reg dich nicht auf“, sagte Old Arthur. „Du solltest auch zur Kenntnis nehmen, daß aus deinem Institut Daten, die für unser Land lebenswichtig sind, verraten wurden. Ganze Computerprogramme, deren Schaffung Millionen und Abermillionen gekostet haben, werden jetzt in anderen Ländern eingesetzt, ohne daß die einen Penny oder einen Gedanken dafür verschwenden müssen. Und alle Fäden liefen ja schließlich in deinem Laden zusammen. Da mußte Holloway doch mißtrauisch werden. Und im Grunde hatte er ja auch recht damit, auch wenn du nichts davon gewußt hast.“
Goldman nickte. „Das alles kann ich noch verstehen und verkraften, aber das mit Francis macht mich fix und fertig. Mein eigener Bruder!“
„Er stand immer in deinem Schatten, nicht wahr?“
„Ja, obwohl er eigentlich der begabtere ist. Er ist nur so weltfremd. Wahrscheinlich glaubt er ja wirklich daran, daß er die Welt verbessern kann, wenn er unsere geheimsten Daten offenlegt.“
„Ganz sicher glaubt er daran. Ich denke übrigens, daß er mit einer vergleichsweise geringen Strafe davonkommt. Er hat

ja nicht versucht, jemand zu erschießen oder mit dem Auto in die Luft zu jagen. Er hat gerechnet, geforscht, zusammengestellt – er hat eigentlich immer nur als Wissenschaftler gearbeitet, wenn auch für die falsche Seite. Vielleicht ist er ja jetzt kuriert."

„Schon möglich, aber in den Schuldienst kann er nie wieder." „Ein guter Computerfachmann findet immer eine gut bezahlte Arbeit", sagte Old Arthur. Dann reichte er Tony Goldman die Hand und sagte: „Ich komm bald mal wieder nach Oxford."

„Aber dann mach bitte nicht wieder so einen Wirbel hier!" Antony Goldman versuchte zu lächeln, aber es gelang ihm nicht so recht.

Vor der Klinik bestiegen sie Old Arthurs Rolls-Royce. Im gleichen Augenblick fuhr Holloway vor. Neben ihm saß Agent Nummer 6.

Kathrin und Holloway winkten Old Arthur und den Kindern zu. Da reckte sich plötzlich auf der Rückbank Cäsar, legte Holloway eine Pfote auf die Schulter und bellte. Der Chiefinspector stieg vorsichtig aus und kam zu Old Arthurs Wagen herüber.

„Könnten Sie nicht das Hundevieh mitnehmen?" fragte er.

„Cäsar? – Ausgeschlossen. Das ist doch ein Polizeihund."

Denise hatte ganz behutsam die hintere Tür geöffnet. Cäsar kam schwanzwedelnd auf sie zugelaufen, was Holloway schmunzelnd aus den Augenwinkeln beobachtete.

Holloway sagte: „Wir haben keine Verwendung mehr für den Köter, und Kathrin kriegt einen Auslandsauftrag. Cäsar sprang in den Fond und nahm, ohne daß Old Arthur es bemerkte, zwischen Bob und Denise Platz.

„Dann müssen Sie eben eine andere Bleibe für Cäsar finden", sagte Old Arthur, winkte Holloway zu und fuhr los.

Denise zog die Tür leise zu.
Old Arthur pfiff zufrieden vor sich hin. Sie erreichten den Stadtrand von Oxford.
„In zwei Stunden sind wir zu Hause“, sagte Old Arthur.
„Warum seid ihr denn so schweigsam, sag doch mal einer was!“
Da bellte Cäsar leise.
Old Arthurs Kopf fuhr herum und er verriß dabei das Steuer.
„Vorsicht“, brüllte Billy, der auf dem Beifahrersitz saß, „der Laster.“
Old Arthur schaffte es gerade noch, an dem laut hupenden Lastwagen vorbeizukommen.
Nach ein paar Minuten sagte er: „Was soll nun passieren, wer soll das Vieh denn nehmen?“
Da stupste Cäsar mit der Schnauze von hinten gegen Old Arthurs Schulter und legte ihm eine Pfote auf den Oberarm.
„Also gut, vorerst kannst du mal bei mir bleiben“, sagte Old Arthur, „aber ihr müßt euch um ihn kümmern.“
Ein allgemeiner Jubelschrei antwortete ihm.
Nach einer ganzen Weile sagte Old Arthur:
„Mein Gott, was bin ich doch für ein gutmütiger Mensch!“

Spannung bis zur letzten Seite

EDGAR WALLACE UND DER FALL....

»Originell ist die Idee, alte Kriminalfälle von Wallace in der heutigen Zeit neu zu inszenieren. Wir begegnen Figuren und Handlungen aus den Romanen von Wallace hier in anderen Zusammenhängen. In die Fälle mischen sich die drei Kinder Billy, Bob und Denise – ein.
Ja, tatsächlich, ein Mädchen ist auch dabei, und sie muß nicht einmal nur die Blöde spielen. Die drei Kinder leben in London und sind brennend an Edgar Wallace, seinen Büchern und am Detektivspielen interressiert...«
Gabriela Wenke (Frankfurter Rundschau)

EDGAR WALLACE UND DER FALL NIGHTELMOORE
Nur sieben Stufen bis zur Gruft
136 Seiten, DM 12,80
ISBN 3 522 14000 1

EDGAR WALLACE UND DER FALL THEMSEDOCK
Im Nebel siehst du keinen Feind.
112 Seiten, DM 12,80
ISBN 3 522 14010 9

EDGAR WALLACE UND DER FALL MOREHEAD
Sieben suchen in Soho
109 Seiten, DM 12,80
ISBN 3 522 14020 6

EDGAR WALLACE UND DER FALL DREI EICHEN
Um Mitternacht ist es zu spät
112 Seiten, DM 12,80
ISBN 3 522 14030 3

EDGAR WALLACE UND DER FALL QUEEN'S DANCE
Wer nicht schweigen kann, der stirbt
128 Seiten, DM 12,80
ISBN 3 522 14050 8

EDGAR WALLACE UND DER FALL BLACKBURN
Wer bedroht den Lord mit Mord
137 Seiten, DM 12,80
ISBN 3 522 14040 0

K. Thienemanns Verlag · Stuttgart